U0093348

回風雲時代

風雲時代

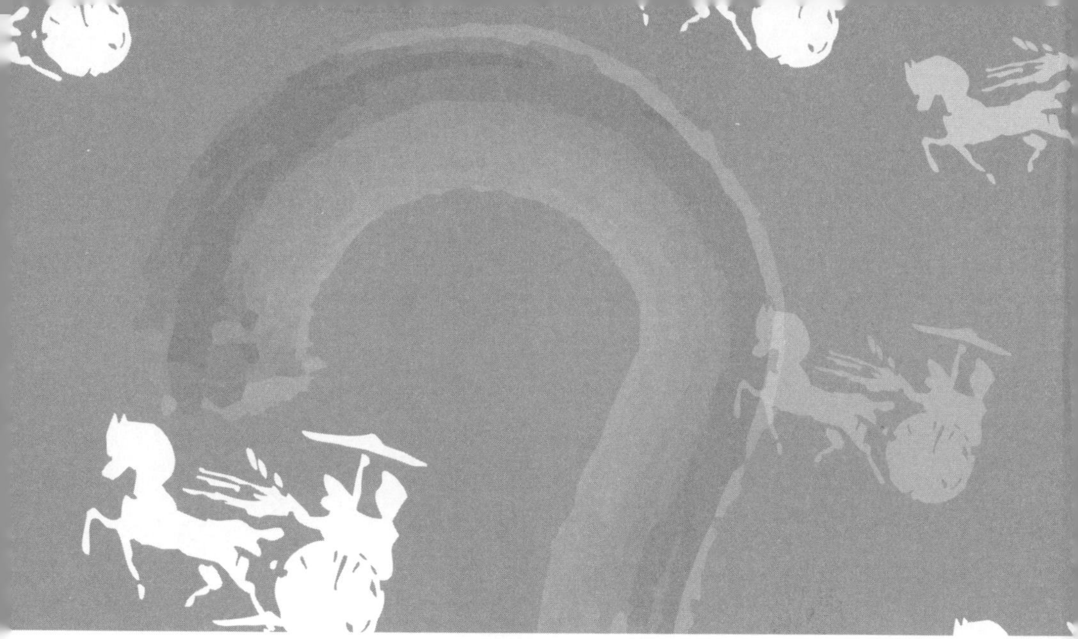

別鬧了，皇帝先生

前言

世上有兩部歷史，一部是滿紙假話的歷史，是給皇太子看的；一部是大膽揭露秘密的歷史，它才能還原歷史的本來面目……——法國・巴爾札克

一場與中國歷史的精彩對話

從聚落而居，到國家的產生；從文字的初萌，到無數科技碩果的誕生，人類歷史中有數不勝數的璀璨畫面，也有許多難以索解的謎團疑點。身為華人，五千年的歷史是我們可以取之不竭、用之不盡的寶藏。

正因為中國歷史源遠流長，上至遠古，下至明清，橫跨無數世紀，歷經廿五朝，四百多位皇帝，浩瀚如海、沉重如山的史書，所留下的千古疑案也多得數不清，不論是皇室內鬥案，還是宮廷醜聞案、軍中舞弊案；或是大臣自肥案、政要暴斃案，名人緋聞案、認祖歸宗案；甚至跨國詐騙案，特務間諜案，醫療糾紛案……，其中涉及了情殺仇殺、自殺他殺、誤殺亂殺、好殺不好殺；更多的是不可告人的秘辛與不能公開的內幕。

即使是公諸於冊的正史通鑑，亦含有不少疏漏或疑點，有的是為避皇帝忌諱而隱去真名；有的是因牽涉到權力角逐或身世之謎而曲筆另指，更多的是為了皇帝或國家的顏面而刻意「做史」。更不用說還有許多連現代科學家都無法解釋的天外之筆、大自然之謎。這也使得史學家及考古學家在考證時，備感困惑與艱難，即使司馬遷也不得不大嘆「史官難為」。

正因千年歷史裡有太多我們無法解開的謎題，和太多啟人疑竇的懸案，讓人們對這些史事產生了極大的好奇與興趣。在我們對其一一抽絲剝繭的同時，除了對中國歷史有更進一步的認識外，也對其中錯綜複雜的人性有了更深刻的體會。

歷史是厚重的，它可以使我們的內心無比充實；歷史是雋永的，咀嚼後令我們豁然警醒，受益終生；歷史也是輕鬆的，納入它的節奏，會令我們生命的脈搏與時代一起律動。

本書經過鞭辟入裡的探討與廣納四方的資料，將浩瀚如海、沉重如山的史書化繁為簡，直刺人類五千年歷史，剖析中國數千年間所發生過的重大歷史事件和期間重要的歷史人物，將中國歷史整理歸納，按照不同史事的屬性重新予以分類，透過獨特的視野與角度，完成一場與中國歷史的精彩對話。

皇帝的心事

英雄不好當

小人不好惹　小三更難纏

風流才子俏佳人

不思議關鍵報告

到底是誰家的孩子？

仙丹妙藥知多少

皇帝的心事

是父子還是情敵

王莽殺子之謎

王莽的姑母是漢成帝母后，把持朝政大權，王莽抓住時機，拼命表現自己。他把自己包裝成勤奮讀書、禮賢下士、慷慨俠義、忠孝雙全、儉約克己、勤勉奉公的楷模，由黃門侍郎、射聲校尉、騎都尉、光祿大夫、侍中、大司馬、攝皇帝步步高升，最終露出猙獰嘴臉，篡取帝位，建立新朝。王莽為了他朝思夜想的皇位，曾「大義滅親」，逼迫親生兒子自殺，這是怎麼回事呢？

王莽在西元前八年，榮升大司馬，年僅三十八歲。他繼續保持克己修行，謙虛仁義的好形象。但是，由於漢成帝去世，哀帝即位，新外戚傅、丁兩家登上政壇，王莽任大司馬僅得意了一年，就被迫讓位。王莽回到南陽新野都鄉封地，積極結交士大夫，準備東山再起。王莽的二兒子王獲殺死了一個奴隸，在當時社會算不得什麼大事。然而，王莽卻嚴加痛斥，讓王獲自殺償命。王莽的「大義滅親」行為，雖是小題大做，但卻為他贏得極好聲譽。朝野上下一片讚美之聲，漢哀帝只好恢復王莽的官職，王莽踏著親生兒子王獲的鮮血重登大司馬權位。

西元前一年，漢哀帝駕崩，漢平帝即位，王莽害怕平帝母親衛氏一族把持朝政，就採取先下手為強的辦法，把平帝母親衛姬封為中山孝王后，平帝的舅舅衛寶、衛玄為關內侯，命他們留居中山，不得來京。大臣們敢提起迎平帝母親入京的，王莽就狠狠處治。王莽的大兒子王宇擔心平帝長大成人後，怨恨王莽狠毒使他骨肉分離，遷怒王氏一族，致使王氏後代遭滅門之禍，就琢磨一條「妙計」。

王宇找到自己的老師吳章和大舅哥呂寬商議良策。吳章瞭解王莽迷信鬼神，就出主意：把狗血灑在王莽的大門上，讓他畏懼。王莽如果疑惑此事，吳章就乘機進言：說天神之意是迎接帝母衛姬入京，還政衛氏。王宇認為此法甚妙，讓呂寬趕快去辦。呂寬乘夜黑人稀，把狗血淋抹在王莽府門上，慌慌張張跑開。門吏看出黑影竟是呂寬，取火一照，鮮血淋漓，腥臭撲鼻，不禁毛骨悚然。王莽得知，連夜審問呂寬，帶出了王宇。

王莽對王宇露出猙獰的面孔，令他說出何人主謀。王宇戰戰兢兢供出老師吳章，以為父親此番必定重罰自己。哪知王莽逼他趕快自殺謝罪，並將吳章斬首示眾。王莽對王宇痛揮屠刀後，又將屠刀掄向衛氏一族，殺盡衛姬除外的衛氏親族；還把王氏宗族與自己略有不和的親屬，扣上通謀衛氏作亂的罪名，斬殺乾淨，朝中大臣被他借故殺掉幾百人。王莽的「大義滅親」為他贏得巨大聲譽，王宇的鮮血讓他榮膺了「宰衡」稱號，得到「九錫」的待遇，榮耀顯貴，無以復加。

王莽踏著用兩個兒子鮮血染紅的官階，步步高升，西元八年，篡奪劉氏江山，坐上了新朝龍椅。

王莽靠陰謀奪位，所以時時提防別人也篡去他的寶座。王莽共有四個兒子，王宇、王獲被他逼死，王安又神經失常，只好封王臨為皇太子。王莽連誅二子，莽妻哭瞎雙眼。王莽命王臨親侍生母。莽妻有個侍婢，叫原碧，曾與王莽私通，王臨來到後宮，被她迷住，也與她偷情。事後，王臨害怕醜事洩露被父親誅殺，就與妻子商議殺掉王莽篡位。

王臨還未行動，王莽藉口大風吹垮王路堂之事，廢掉了王臨的皇太子之位，王臨被攆出京師。第二年，瞎眼皇后病危，王臨給母親寫信道：

「皇上對子孫太苛酷，大哥、二哥三十歲均被迫自殺身亡。兒臣今年也是三十歲，不知能否保全？」

王莽探視瞎妻，看到來信，頓時震怒異常。莽妻一死，王莽拷問原碧，審出王臨與之私通之事。王莽怕家醜外揚，竟把參與審問的官吏一併處決，並勒令王臨自殺。王臨與妻子被逼自殺。

為了皇位，王莽害死了自己的三個兒子，充分暴露了他兇殘惡毒的本性。王莽一生說盡假話，幹盡沽名釣譽之事，萬民痛恨。西元廿三年，起義軍推翻了王莽的新朝，王莽被殺。他的頭顱被老百姓踢來踢去，他的舌頭被人切下來吃了，因為他的謊話，害慘了黎民百姓。

曹操最怕的事

曹操兵敗之謎

曹操（一五五～二二〇），字孟德，小名阿瞞，魏武帝。三國時期著名的政治家、軍事家、詩人，譙縣（今安徽亳縣）人。東漢末由鎮壓黃巾起義中擴大了軍事力量，後又在官渡之戰中大敗袁紹而逐漸統一了中國北部。封魏王後，與農築渠，用人唯才，使其統治地區初現興旺。其精兵法，善著詩，遺著《魏武帝集》，已佚。

《三國演義》在中國可謂家喻戶曉，而其中的赤壁之戰，更可謂是其中精彩曲折的經典場景。

眾所周知，曹操在赤壁之戰中打了敗仗，那麼他戰敗的原因是什麼呢？李白是我國著名詩人，被譽為「詩仙」，曾詩云：「烈焰張天照雲海，周瑜于世破曹公。」金代元好問也曾曰：「疾雷破山出大火，旗幟北卷天為紅。」鄭允端（元代）也說過：「老瞞雄視欲吞吳，百萬樓船一炬枯。」如此的相似解釋，認為火攻是曹操戰敗的原因。

唐代胡曾則認為這是惟一的原因，在他的詩中說道：「烈火西焚魏帝旗，周瑜開國虎爭時。交兵不假揮長劍，已挫英雄百萬師。」從他的文中我們可以看到，似乎連「長劍」也不必

「揮」，便取得了戰爭的勝利，火攻之威，真可謂大矣。

當然，詩並不是史籍，而是文藝作品。既然是這樣，我們就來看看史籍是如何記載的。《三國志・蜀書・先主傳》記載道：「權遣周瑜、程普等水軍數萬，與先主並力，與曹公戰於赤壁，大破之，焚其舟船。」「焚其舟船」，不難看出當然是用火攻了。

再來看這個記載，既有黃蓋深感「今寇眾我寡，難與持久，然觀操軍船艦首尾相接，可燒而走」的妙計，又有「乃取蒙沖鬥艦數十艘，實以薪草，膏油灌其中，裹以帷幕，上建牙旗，先書報曹公，欺以欲降」的火攻準備，更有「煙炎張天，人馬燒死溺死者甚眾，（曹）軍遂敗退」的結果記錄。這便是來自史稿《三國志・吳書・周瑜傳》，看來曹軍敗於火攻，是證據確鑿，再來參閱司馬光《資治通鑑》等其他一些史籍，我們可以基本斷定那些詩人所做之詞並非捏造，火攻已是事實。

然而，近年來一些論者對火攻論卻提出了質疑，他們認為曹操赤壁戰敗，是遭遇疾疫的襲擾，軍隊喪失戰鬥力所致，是血吸蟲病造成的，並不是火攻造成。

血吸蟲病論者也在史記中尋找答案。如陳壽在《三國志・魏書・武帝紀》中，在說到赤壁之戰時，就根本沒有提火攻：「（曹）公至赤壁，與備戰，不利。於是大疫，吏卒多死者，乃引軍歸。」很明顯他是說赤壁之戰敗於「大疫」。

《吳書・吳主傳》中有曹操自燒戰船之說：「（曹）公燒其餘船自退。」況且，交戰一方的主帥曹操，也不承認因遭火攻而敗北，他在赤壁戰後曾給孫權一信，其中云：「赤壁之役，值有疾病，孤燒船自退，橫使周瑜虛獲此名。」（《三國志》裴注引自《江表傳》）論者由此斷定，疾疫，是曹軍敗北的主要原因，火攻之說是有待商榷的，而這個「疾疫」，就是血吸蟲病。

遠湖古醫籍中周易卦象「山風蠱」之症，以及西元七世紀初葉的《諸病源候論》，有類似血吸蟲病的記載。可見血吸蟲病在我國古代早已存在，就在一九七三年長沙馬王堆一號漢墓出土的女屍，在其腸壁和肝臟組織中都發現血吸蟲卵，可以證明，在漢代，長沙附近就存在著血吸蟲病。根據大量調查資料表明，兩湖（湖北、湖南）地區即與赤壁之戰有關的地域，正是血吸蟲病流行區。

從赤壁之戰的時間與血吸蟲病的易感季節推究，秋季，是血吸蟲病的易感季節。而曹軍轉徙恰在這個季節。而曹水軍捨鞍馬、仗舟楫，是極易感染的。訓練期間，官兵已陸續發病，而蟲體在宿主體內經過一個月以上的發育後才出現典型的急性期症狀，所以到了冬季決戰，正趕疾病急性發作，曹軍疲病交加，可謂不堪一擊。疑問是，孫劉聯軍何以不受血吸蟲病之害呢？既然同屬水上訓練和作戰。對此，有學者的解釋是：孫劉聯軍多南人，長期居於疫區，與免疫能力的較強有關，發病症狀也不會很嚴重；而曹軍則大多為北方戰士，免疫能力較差，所以病來如山倒，因而致敗。（《中華醫學雜誌》一九八一年第十一卷第二期《曹操兵敗赤壁與血吸蟲病關係之探討》）

然而，血吸蟲病說也並沒有得到大家的一致認同。反對者認為，曹操訓練水軍的地點，在鄴（今河南省安陽縣境），而不在疫區江陵，那裏不屬於血吸蟲病疫區，應該沒有感染的可能。而且曹操燒船退軍的地點不在赤壁而在巴丘；是在曹軍兵敗退到巴丘時，而不在赤壁大戰時，可見他的目的是為了避免餘船資敵。再說，血吸蟲病潛伏期，一般在一個月左右，隨著天氣的溫度，時間長短有別，而潛伏期越長，發病時症狀也越輕，兩個月以上者只是少數，曹軍即使秋季感染到血吸蟲病，至十二月（大戰爆發）才發病，症狀也是很輕的。

還有一個原因就是，曹操水軍多為湖北人，他們來自劉表的軍隊，之前多駐在血吸蟲病流行區，與孫劉聯軍的免疫能力會不相上下。除此之外，劉璋補充給曹操的軍隊，是四川戰士，也來自疫區。

由此看來，第一種說法火攻論在兩說並存的情形下較為服人。當然，不能否認戰士突發疾病也是曹軍失敗的因素之一，只不過不是主要原因。而所謂的「疾病」究竟是何種疾病，這倒是一個需要我們去解決的問題。

大愚與大智

劉「阿斗」之謎

劉禪（二〇七～二七一），劉備之子，俗稱劉阿斗。劉備死後，劉禪即蜀漢帝位，在位四十一年，是三國時期在位最久的國君。其在諸葛亮的輔助下，曾有一統天下的決心，後諸葛亮故，國破降魏，被迫遷往洛陽。司馬昭曾譏諷云：「思蜀否？」其「樂不思蜀」的回答，「成全」了他洗滌不去的貪生怕死之名。

三國時期蜀漢政權的創建者劉備死後，他的兒子劉禪即位，也就是歷史上非常有名的「扶不起的阿斗」。

從裴松之注解《三國志》時，說劉禪是「凡下之主」，到羅貫中《三國演義》裏藝術性的渲染，劉禪的「扶不起的阿斗」形象深入人心。但是歷史上，真實的劉禪到底是什麼樣的呢？難道真是那個眼看國勢江河日下，最終兵敗國亡，苟且偷生的懦弱無能之輩麼？

《三國志・蜀書・先主傳》裴注裏記有劉玄德敕劉禪遺詔，裏面講道：「射君到，說丞相嘆卿智量，甚大增修，過於所望，審能如此，吾復何憂！」諸葛亮並不是會阿諛逢迎的人，劉備也是有自知之明的君主。他們既然說劉禪的「智量甚大」，應該不是自欺欺人。如果拋開成見，從事實上來看一看，會發現也是這樣。

劉禪從西元二二三年登基，至西元二六三年降魏下臺，在位四十一年，是在三國時期所有國君中在位時間最長的一位。在亂世之中兵禍不斷，他能執政如此之久，自然有他的過人之處。有人認為劉禪的帝位全靠諸葛亮的輔佐，可是西元二三四年諸葛亮去世後，劉禪仍然做了二十九年的皇帝。諸葛亮五出祁山，姜維九伐中原，這樣一次又一次勞師動眾地討伐魏國，自然離不開作為國君的劉禪首肯。這也說明劉禪並不是一個懦弱無能的昏君，他還是有統一天下的志向的。

當然，有人還是堅持認為劉禪執政時間長是得益於諸葛亮的全力扶持，嗣後的蔣琬、費禕也都是赤膽忠心的賢良能臣。他們舉例說，劉備生前就表示對他這個兒子很不放心，向諸葛亮托孤的時候，有言在先，實在扶不起，「君可取而代之」。裴松之的《三國志》注裏，把劉禪稱為「凡下之主」，也不是沒有原因的。劉禪在用人方面，信任小人，寵信宦官黃皓就是一個典型的例子。黃皓善於鑽營，專權無忌，反而得到劉禪賞識，而正直不阿的董永卻因反對黃皓而長期不能升遷。劉禪的弟弟劉永甚至因為不滿黃皓，而被流放外地做官達十餘年。

但是有人舉出反例，不同意這種看法，認為他能用賢勿疑，善始善終。諸葛亮、蔣琬、費禕、董允等一干賢相良臣，劉禪始終用而不疑。從諸葛亮受到的待遇來看，劉禪甚至比父親劉備更能用人不疑。劉備三顧茅廬，自稱自己得諸葛亮，如魚得水，但是臨死仍然對他不甚放心，用話激諸葛亮說：「若嗣子可輔，輔之；如其不才，君可自取。」不難看出，他對諸葛亮仍有疑忌。而劉禪一生卻對諸葛亮言聽計從。

諸葛亮死後，安漢將軍李邈對劉禪上書，援引了歷史上呂祿、霍禹等功高震主的臣子終至反叛的史實，含沙射影地詆毀諸葛亮「身杖強兵，狼傾虎視」，並且挑撥說諸葛亮之死使「宗族得全，西戎靜息，大小為慶」。他本來以為這樣說能符合劉禪的心理，認為他對諸葛亮也是不無疑忌的。哪裡想到，劉禪讀了奏摺後勃然大怒，當即下令將李邈下獄處死。

中國歷史上，能像劉禪這般用人不疑的君主，的確少見。可見他在用人方面，還是有一些過人之處的。《三國志集解》評論此事時稱：「後主之賢，於是乎不可及。」似乎並不完全是過譽。曹魏的夏侯霸因受曹爽的株連而逃亡入蜀。由於他的父親夏侯淵是被蜀將黃忠所殺，劉禪親自接見了夏侯霸，並對他解釋說：「卿父自遇害於行間，非我先人之手也。」這樣輕描淡寫的寥寥數語，在當時的情形下足以消釋前嫌。緊接著，他又與夏侯霸攀親戚、拉關係，指著自己的兒子說：「此夏侯氏之甥也。」夏侯霸的從妹是張飛之妻，所生的女兒是劉禪皇后，所以可以這麼說。他對夏侯霸「厚加爵寵」，懷柔拉攏，如果不是深有城府的人，恐怕做不到這一點。後人評論這件事說：「後主能做此語，亦復非常。」

所以在用人方面，劉禪還是別有不同。他晚年寵信宦官黃皓，有人認為這樣錯誤的產生不是由於劉禪用人能力有問題，而是他太過於自以為是。在姜維向他彈劾黃皓時，他說：「皓趨走小臣耳……何足介意。」可見他不過過於自信而已。

劉禪國破後降魏，被遷往洛陽，封為安樂公。在一次宴飲上，司馬昭命人為他表演蜀地歌舞，他的隨從們都觸景生情，無限感傷，但劉禪卻依然嬉笑自若。司馬昭就問他：「頗思蜀否？」劉禪竟回答說：「此間樂，不思蜀也。」這一事件讓劉禪遭到很多人的唾棄，罵他居然甘心為「亡國奴」，不可救藥到了極點。據《漢晉春秋》記載，當年連司馬昭聽了後都直搖頭，對同僚們說：「人之無情，乃可至於是乎！雖使諸葛亮在，不能輔之久全，而況姜維邪？」

同樣是這件事，有人卻得出了完全不同的結論。他們認為劉禪的這段精彩表演，正說明他聰明不亞於其父。劉禪降魏後，作為亡國之君，階下之囚，想保全身家性命並非易事。司馬氏之陰險毒辣又是路人皆知。當時司馬昭有意來試探他，他用「此間樂，不思蜀」來回答司馬昭「頗思蜀否」的詢問，與其說是出於糊塗與昏庸，不如說是故作癡呆的自保之計，是一種高明的策略，來麻痹司馬氏，讓他掉以輕心。

事實也證明了這一點，劉禪最終保全了自身。劉禪精彩的表演，瞞過了司馬氏，也瞞過古往今來多少人。當然，也還是有人看出了其中奧妙。周壽昌在《三國志集解》中評論劉禪的這番良苦用心時，就提出了自己的見解：「恐傳聞失實，不則養晦以自全耳。」

以上種種，說明歷史上享國四十一年的蜀漢後主並不真的那麼不濟事，劉禪還是有他的過人之處的。但是歷代文藝作品渲染出來的那個懦弱無能的昏君劉禪，早已深入人心。「扶不起的阿斗」，早成為一個不變的形象。當然，這些就和史實沒什麼關係了。

皇后常常不在家

北魏孝文帝婚姻之謎

北魏孝文帝（四六七～四九九）拓跋元宏，拓跋弘長子，皇興三年（四六九）立為皇太子，五年，即位。其在位期間，大興文治，信重漢族才俊，聽覽政事，從善如流。其喜讀書，有學識，有見解，統治期間國家漸強。後屢次發兵攻齊，並於軍中病卒。在位廿九年，謚孝文，廟號商祖。

說起帝王的愛情悲劇，人們津津樂道的往往是西漢成帝與趙飛燕、唐玄宗與楊貴妃、宋徽宗與李師師的故事，很少有人知道北魏孝文帝拓拔元宏與馮氏的戀情。人們只知道孝文帝親政後，繼續推行馮太后進行的改革，改鮮卑姓為漢姓，改革服飾，遷都洛陽，製作禮樂，分明姓族，以前所未有的魄力對鮮卑族落後的社會習俗大張撻伐。其實，孝文帝在愛情生活上頗為坎坷，與事業的輝煌根本無法相比。

早年，孝文帝與一位姓林的姑娘產生了愛情。林姑娘與馮太后的遭遇類似，也是因為父親犯罪被沒入掖庭的。她容色美麗，溫柔可人，深受孝文帝喜愛，後生皇子恂，被立為太子。按照舊制，林氏得被賜死，但孝文帝仁恕，不想沿襲前制，卻遭到馮太后的反對，他只能眼睜睜地看著自己心愛的女人死去。

以後孝文帝又鍾情於馮氏。馮氏長得嫵媚動人，又善於察言觀色，深受孝文帝的寵愛。兩個人花前月下，卿卿我我，非常投緣。不料，馮氏得了慢性病，馮太后怕影響孝文帝的健康，就把她送回家做尼姑。小夫妻分離時非常痛苦，但孝文帝不敢違抗馮太后的旨意。送走馮氏後，他常常派人去探訪。馮太后去世後，孝文帝堅持守了三年喪禮。後來，他聽說馮氏恢復了健康，就派遣宦官雙三念持書去慰問，並將她迎回洛陽。從此，孝文帝對馮氏恩愛逾初，立她為皇后，其他嬪妃很少被臨幸。

孝文帝沒有想到，他所依戀的馮氏竟是一個輕浮的女子。在家養病時，她不甘寂寞，和家裏的侍從發生了關係。母親常氏不僅不教育自己的女兒，反而替女兒遮醜。馮氏看到宦官迎接自己回宮，感到很突然。她對情人依依不捨，但想起宮內的豪華生活和氣派，還是選擇了宮廷生活。

在馮氏被立為皇后的幾年裏，孝文帝是在緊張的戰爭中度過的，多次率兵南征，在宮中的時間不多。馮氏耐不住寂寞，老毛病復發。當時宮中有一位宦官叫高菩薩，雄壯有力，儀表堂堂，是靠欺騙手段混進宮中的，仍是個沒淨身的真男子。馮氏愛他的雄健有力，高菩薩愛馮氏的嫵媚，不久二人便勾搭在一起。高菩薩很有些籠絡人的本領，他手下有一批人甘心為他賣命，充當爪牙。馮氏也培植了一批私黨，互相勾結，表裏為奸。儘管宗室中有人知道了他們的醜事，但也無人敢管。

但是，馮氏的醜聞最終還是被孝文帝知道了。事情是這樣的：彭城公主嫁給宋王劉昶的兒子後不久，丈夫就去世了。彭城公主在北魏宮中最為美麗動人，年紀輕輕就當了寡婦，難免會引起富家子弟的覬覦。馮氏的同母弟北平公馮夙，垂涎公主的美貌，一心想得到彭城公主，就三番兩次求姐姐馮氏幫忙。馮氏轉而求孝文帝，他爽快地答應了。誰知公主與死去的丈夫情深意篤，不願馬上嫁人，即使嫁人，也不願意嫁給馮夙這樣的平庸之輩。馮夙準備強娶。公主看到自己在京城勢單力孤，無人可倚靠，就偷偷地帶著十餘名家婢侍童，乘輕車，冒霖雨，趕到前線去見孝文帝。

她不但陳述了馮氏與馮夙強迫自己婚嫁的經過，還將馮氏與高菩薩淫亂之事說了出來。孝文帝聽說皇后馮氏淫亂，不禁驚呆了，他不敢相信自己那麼熱愛而對自己百般體貼的馮氏會做出這種事情。他叮囑公主不要洩露此事，等回宮後慢慢查來。馮氏得知公主投奔孝文帝後，大吃一驚。她害怕公主洩露自己的醜行，就派幾個心腹以慰問為名，前去探聽孝文帝是否已經知道實情，但是其中的一個宦官蘇興壽，把事情如實報告給了孝文帝。

回到洛陽後，孝文帝馬上逮捕了高菩薩等為首的幾個人。在孝文帝面前，高菩薩一一招認。此時，孝文帝心如刀絞，多少天來的疑問證實了，回想起馮氏的柔情，他不禁肝腸寸斷，加上旅途的勞累，一下子就病倒了。當天晚上，孝文帝命人把高菩薩等叫來，在外門排成一排，又派人把馮氏叫來。進門時，他命令宦官搜查馮氏的身上，如果發現有一寸長的刀子，就立刻斬首。馮氏涕泣漣漣，一個勁兒地叩頭，請求孝文帝寬恕。

孝文帝指責馮氏說：「你母親有妖術，你要好好交代。」原來，馮氏得知公主投奔孝文帝以後，如坐針氈，她想不出一點辦法，就找母親常氏商量。常氏畢竟見過世面，她馬上派人去找女巫，要女巫施法術，讓孝文帝快快病倒。常氏向女巫許願：「如果孝文帝能夠儘快歸天，讓馮氏像馮太后那樣臨朝稱制，我不惜傾家蕩產來報答神靈。」

馮氏沒有想到這件事情也被洩露了出去。她請求孝文帝摒退左右，獨自招供，孝文帝答應了她的請求。聽著馮氏的招供，孝文帝的臉色變得鐵青，他的心在劇烈地顫抖著。馮氏招供完後，他命人把彭城、北海二王召入，對他們說：「這個老太婆竟想把白刃插在我的肋脅上，實在是狠毒。」他說自己不忍心廢掉馮氏，怕馮太后在九泉下寒心，決定讓馮氏一個人在宮中閒坐，如果她有良知，自己會去死的。

經過這次刺激後，孝文帝的身體每況愈下，最後終於病死在南伐中。臨死前，他對彭城王說：「皇后失德已久，如果不除掉她，恐怕以後沒有人能夠制服她。我死後，你們可用我的遺令將她賜死，然後按照皇后的禮節安葬她，千萬不要壞了馮家的名聲。」

孝文帝不明白自己在婚姻上為什麼會如此的不幸，自己鍾愛的林氏不得不被賜死，自己喜歡的馮氏竟然對自己不貞。帶著這種深深的遺憾，孝文帝匆匆離開了人世。「春心莫共花爭發，一寸相思一寸灰」，思念也許更容易使人心灰意冷，還是死掉的好。

千夫所指的帝王

隋煬帝之謎

隋煬帝（五六九～六一八）即楊廣，隋文帝之子，在皇帝位九年。即位後大興土木，修築宮殿，開掘運河，開闢馳道。因每項工程均耗人、物無數，國運漸衰。各地起義烽火連天，隋朝覆滅。其在江都被禁軍將領宇文化及縊死。一說其是弒父篡位。

隋代是一個短命的王朝，僅傳二世，前後計三十七年，加上文帝和煬帝又死於非命，因此陵墓的營建規模上遠遠不如秦漢陵寢那樣宏偉高大，缺乏漢、唐皇陵那種巍峨、壯觀的氣勢。而且，隋煬帝陵墓也不是安葬隋煬帝的真正墓地，因為他死於亂世，身首異處。現在的陵墓是後人追造的，當年荒淫無度的隋煬帝究竟葬身何處，無人得知。

隋煬帝在世時，是一個極其風流的暴君。他講求吃、喝、玩、樂，好大喜功，且生性殘暴，經常耀威於周邊各國，誇富於臨近各族。隋煬帝的風流醜事與暴政，的確罄竹難書。

煬帝楊廣，是隋文帝楊堅的次子，也是文帝五子中最不爭氣的兒子。如果說隋文帝以節儉著稱，那麼他的繼承者隋煬帝卻以揮霍浪費聞名；文帝是個聚錢高手，煬帝卻是個敗家子，隋文帝能虛心納諫，隋煬帝是獨夫當行，文帝能體恤民情，煬帝卻是殺人如麻的魔王。他是歷史上與桀、紂齊名的暴君，一上臺就違背父道，把隋文帝宵衣旰食積累的財富丟失個淨光，最終把江山斷送。

隋煬帝是隋文帝的第二子，被立為太子的是楊堅的長子楊勇。然而楊廣自幼聰明有謀，人貌俊美，頗得楊堅和獨孤皇后的喜愛。楊廣素懷奪位之心，品行刁惡善辯，極力挑撥父皇與太子的關係，騙取信任，終於使文帝將太子楊勇廢棄，立楊廣為太子。後來楊堅臥病不久，太子楊廣就迫不及待地給楊素去信，謀劃即位。但楊素的回信內容被隋文帝知道了。同時，文帝還聽說楊廣在宮裏要姦污他的寵妾宣華夫人。於是，文帝決定馬上廢掉太子楊廣，召回廢太子楊勇，但是楊廣知道後怕醜事外揚，便於西元六〇四年，乘隋文帝染病臥床之機，密令近臣入宮，將父皇暗殺。楊廣一箭雙雕，既達到奪位之目的，又將醜聞掩蓋。隨後又殺掉親兄楊勇，自立為皇帝。

隋煬帝從即位的第一天起，就反其父道而行之，他「逞奢心，窮人欲」，憑藉自己的「天賦」和至高無上的皇權，無限制地行施暴政，成為歷史上少有的獨夫、民賊、浪子、暴君。他有一個獨夫獨欲的思想，即「敲剝天下之骨髓，離散天下之子女，以奉我一人之淫樂」。在此思想指導下，他大興土木，連年出遊，將繁重的徭役和兵役強攤在勞動人民身上。

隋煬帝即位的第二年，先把首都從長安遷至洛陽，然後徵發幾十萬人營建洛陽及其關防。同時，詔令有關官吏，把在大江以南、五嶺以北搜尋的奇材異石、嘉禾異草、珍禽奇獸等，都輸送到洛陽充實各園苑。又在洛陽西郊築西苑，周二百里。苑裏有海，周十餘里。海中造三神山，高出水面百餘尺，台觀殿閣，苑中滿布。海北有龍鱗渠，曲折流來注入海內。沿渠立十六院，院門臨渠，每院住四品夫人一人主院事。十六院想盡各種享樂的辦法，招引隋煬帝的到來。相傳，因煬帝擁有美人太多，每晚「忙」不過來，便生一計，臨晚即以抽籤的方式確定去某院過夜。「院主」們為招引皇帝來過夜，也千方百計地利用各種淫亂的辦法，以遂其願。

有時，隋煬帝還喜歡在月夜裏帶上騎馬的宮女數千人遊玩，且又不讓點燈，在馬上演奏《清夜遊曲》，弦歌達旦。另外，他還詔令開通濟渠等，自長安至江都，沿渠造離宮四十餘所，江都宮尤為壯麗。運河修成後，他乘長達數十丈，高、寬數丈的龍舟三次暢遊江都，各種隨行船隊綿延二百餘里，沿路進貢大量山珍海味，以及奇玩異寶，耗費無數財物。與此同時，他還向外宣揚聲威，誇耀隋朝的富有；三次進攻高麗，炫耀隋朝的武力。

隋煬帝做事，從不聽人勸告，想到什麼就幹什麼，也從不考慮後果。他自認為天資才華比別人強，行事不會有欺。有一次他詩興大發，寫道：「我夢江南好，征東亦偶然，但留顏色在，離別只今年。」夢見江南好就開江下江南，偶爾想起征東吞併高麗，就調動千軍萬馬過江東伐，無論別人怎樣規勸，他不但聽不進去，而且誰諫就殺誰。他曾對秘書虞世南說：

「我生性不喜人諫。如果是大官，想進諫以求名，我更不能饒他；如果是卑賤士人，我還可以饒他，但決不讓他再有出頭之日。」

為進諫規勸被殺的忠臣義士不計其數。

就在農民起義的日子裏，他決定去江都遊玩。許多大臣勸他，今日形勢，朝內不可一日無君，他不聽。建節尉任宗上書極諫，當天在朝堂被杖殺。出發時，奉信郎崔民象又上表諫阻，隋煬帝大怒，先剖其面，然後斬首。行到汜水，另一奉信郎王愛仁，又上表請他還京，他殺了王愛仁繼續南行。到梁都，有人攔路上書說：「你如真去江都，江山就不是你的了。」他又殺了攔路人。

歷史上，隋煬帝以獨夫聞名於世，他護短拒諫，暴虐殺賢，直至滅亡未改其劣性。

隋末，由於煬帝的暴政，廣大農民不堪重負，背井離鄉，逃避徭役和兵役；有些不惜自殘肢體，還稱為「福手福足」。殘酷的暴政終於成為農民大起義的導火線。在農民軍的強大攻勢下，右屯衛將軍宇文化及利用揚州糧盡，衛士謀歸鄉里之機，於大業十四年（西元六一八年）三月，煽動數萬人攻進江都宮。隋煬帝改裝倉惶逃命，完全失去了往日的兇狠、風流。結果，當他逃入玄武門附近時被叛兵活捉，他自知性命難保，又怕殺頭碎屍，落得身首異處，故解巾帶自縊而亡，時年五十。

大唐平江南之後，改葬煬帝於雷塘。不過，其墓葬卻怎麼也談不上具有皇陵的氣派，史書上有記載：「陵高六點七尺，周二、三畝許。」對於在歌舞、酒宴與美女中把江山斷送的隋煬帝來說，這樣的墓穴已經很對得起他了。

隋煬帝除了以帝王身分的從政生涯飽受爭議之外，他還是隋唐兩代代表性的詩人之一。他的詩風廣闊，既有千軍萬馬出征時的雄偉，又能描寫夕陽下長江寧靜的江景；在他帝王生涯的最後，彷彿意識到自己帝王運盡，詩風轉變為寂寥多感，主以抒情詩為主。

樂府春江花月夜二首其一

暮江平不動
春花滿正開
流波將月去
潮水帶星來

張昌宗（？～七〇五），張易之（？～七〇五）兄弟兩人為唐定州義豐（今河北安國）人。二人相貌俊美，乖巧伶俐，為武則天私蓄的男寵。二人曾官至春官侍郎，封鄴國公、恆周公，武則天晚年，二人攬朝權。神龍元年（七〇五），被張柬之等在迎中宗復位時，斬殺於宮中。

一代女皇的男人

武則天蓄男寵之謎

武則天是中國歷史上惟一的女皇帝，封建時代傑出的政治家。李唐王朝二百九十年的歷史，有近半個世紀是由武則天這位女性皇帝導演的。她一生的功過，經受了一代又一代人的褒揚與貶詈。在喋喋不休的貶詈中，她因曾擁有幾個男寵，便成為亙古難泯的醜聞，成為攻訐咒詛的靶子，以至於連同她創造的卓著的政治業績也隨之淹沒了。

武則天寵幸的人主要有薛懷義、沈南璆及張易之、張昌宗等。高宗死後，首先入侍武則天的是薛懷義。薛懷義原名馮小寶，本是洛陽街頭賣膏藥的小販，因身材高大，健壯有力，被薦於武則天，立刻大受寵幸。為了使馮小寶隨便出入後宮，武則天就讓他剃髮為僧，出任洛陽名剎白馬寺的住持，又將其名改為「懷義」，賜給薛姓。憑著過人的聰明，薛懷義又因督建萬象神宮有功，被擢為正三品左武衛大將軍，封梁國公。後來還多次擔任大總管，統領軍隊，遠征突厥。

不久，御醫沈南璆成為武則天的新寵，薛懷義出於嫉妒，一把火燒掉了耗資巨萬的萬象神宮，武則天卻不予追究。而後薛懷義日益驕橫，終於引起武則天的厭惡，指使人將其暗殺。薛懷義死後，人過中年的沈南璆溫和有加，卻身心虛弱，滿足不了武則天的要求。七十多歲的她又陷入了寂寥煩悶之中，喜怒無常，脾氣暴躁。恰在此時，有人又薦張易之兄弟侍寢，這兩個二十歲左右的美少年，不但聰明伶俐，通曉音律，而且更有侍寢本領。一喜之下，武則天馬上給二人加官四品。從此二張儼若王侯，每天隨武皇早朝，待其聽政完畢，就在後宮陪侍。二張恃寵而驕，不僅在後宮恣意專橫，而且結黨營私干預朝政，引起了眾怒。終於在神龍元年，張柬之等策動了「五王政變」，殺掉二張，武則天也在病榻上被「請」下御座，讓位於中宗。

武則天依靠歷史的條件、特定的婚姻、個人的才幹，書寫了一段輝煌的女皇歷史。然而她未料到，那謾罵與詛咒會像排天的巨浪不斷打來。「洎乎晚節，穢亂春宮」，即她擁有男寵之事，就成了她為人攻擊的一大罪狀。

冷靜地分析武則天的男寵問題，可從兩個角度來看：一個是從她是「人」，一個「女人」的生理需要的角度，一個是從她是個政治家，一個女皇的角度。

作為一個女人，她需要男人滿足她，這個需要她卻永不滿足。

武則天十四歲入宮的時候，被唐太宗賜名為「媚」，千嬌百態，含苞待放，情竇初開，渴望皇帝的寵愛，可是在太宗身邊十多年，她僅是個「才人」，與一個侍女的作用差不多。太宗是個蓋世英才，他要求女性的只是賢德、溫順、體諒、嬌柔，而武則天的美貌與才幹自然得不到皇帝的賞識。後來，太宗死後，她被遣送到感業寺為尼。

作為一個女人，武則天想施展自己的抱負，只能通過婚姻來實現。她需要借助一個聽命於自己的丈夫。她需要一個柔弱者。歷史的機遇，使太宗的兒子李治成了她的選擇。高宗李治好色多情、體弱多病，優柔寡斷，對她又一往情深。因此，武則天在度過了五年清冷孤寂的寺廟生活後，二次進宮，成為高宗的「昭儀」。這時，武則天年近三十，高宗才廿五歲，在成熟聰慧的武則天面前，高宗卻像幼稚戀母的孩童。她時而情切意綿、亦悲亦怨，時而柳眉怒豎、粉面含威，叫高宗難以招架。僅一年多的時間，她就由尼姑晉封為昭儀、宸妃，直至皇后。這時，高宗也很難再接近別的女人了。宮中眾多的嬪妃宮婢都失去了陪寢的義務，成了純粹的女性官吏。以後的三十年裏，武則天並未有「淫亂」醜聞，精力都用在了政治鬥爭上，直到高宗去世。

天授元年，武則天正式登基，改國號為周，成為名副其實的女皇帝。她那作為女人的需要也被激發了。她寵幸的薛懷義是因其身材高大、健壯有力，後因不「馴服」，而被她暗殺。她寵幸沈南璆，因其中年體衰而遭到厭棄。她寵幸的張易之兄弟則面若蓮花，侍寢有方，使她精神上得到了滿足，春情暫駐，她感謝二張的奉獻，授以高官，委以國政，成為她晚年最親信的人。

作為一個女皇，一個精明的政治家，武則天畜養男寵，應該說主要是為了顯示女皇帝的威權。二張入侍時，武則天已年滿七十三歲，就算生活優裕，養生得法，服用春藥，也難使一個老嫗返老還童。她這是在向眾人炫耀：既然男子為帝可以有成群的嬪妃，女人登基也應該有侍奉的男寵。

翻開中國歷史畫卷，女人為帝絕無僅有。一位女性政治家在男性皇帝專制時代想立於不敗之地，可以說是「樹大招風」，面臨著孤軍奮戰的艱難。為使臣民信服，就要人為地、主動地樹立自己的絕對權威和尊嚴。她在所有的領域內都要行使同男性帝王一樣的權力，都要享受同男性帝王一樣的利益。因此，在「性」的問題上，她也要效法男性帝王了。即使不是為了「性欲」，她想擁有幾個可以安慰寂寞、稍解老來憂愁的年輕異性，在貴為天子的她也是可以理解的。

據說，南朝時期的劉宋朝孝武帝的女兒山陰公主，曾對做皇帝的弟弟訴苦說：「陛下在後宮擁有眾多美妃，而臣妾只有一個丈夫，這是否有點不公平？」她的皇上弟弟立刻賞給她男妾數十人。蕭齊朝的王太后曾光明正大地擁有男寵三十人。

奇怪的是，儘管歷代君王都有後宮三千佳麗，供其淫樂，尤其是武則天的孫子唐玄宗李隆基，有四萬嬪妃仍嫌不足，竟把自己的兒媳楊玉環立為貴妃，這種老來癡情卻為後人津津樂道成千古不朽的愛情大悲劇，就因為他們是男性君主，他們的荒淫僅以一句「英雄好色」得到寬容。

由此看來，對武則天還應該全面地、歷史地、公正地給予評價。

武則天的告密制度

垂拱二年（六八六年）三月，武則天為了要肅清異己，特別設立告密制度，她下令製造銅匭（銅製的小箱子），置於洛陽宮城之前，隨時接納臣下表疏。同時，又大開告密之門，規定任何人均可告密。即使是農夫樵人，武后都親自接見。於是在朝廷內外便形成了十分恐怖的政治氣氛，以致大臣們每次上朝之前，都要和家人訣別，整天都惶惶不可終日。

小心身邊自己人

忽必烈手足相殘之謎

阿里不哥（?～一二六六），元世祖忽必烈之弟，拖雷第七子。其兄蒙哥大汗死後，他在和林密謀即位，不想被忽必烈搶先在開平即位。他繼而自立並與忽必烈大戰漠北，次年兵敗西逃。至元元年（一二六四）以兵財俱缺，被迫向忽必烈投降。兩年後病死。

開慶元年，元憲宗蒙哥在南下伐宋的戰爭中，死於合州城下。因其生前沒立儲君，所以，引起了諸王爭奪汗位的鬥爭。當時，有資格接替汗位的，除了蒙哥的幾個兒子外，還有蒙哥的兩個弟弟：忽必烈和阿里不哥。忽必烈是有雄才大略、手握重兵並立下赫赫戰功的征宋主帥；阿里不哥是坐鎮和林，受皇后及蒙哥諸子擁護的，還是蒙哥的心腹。兩人勢均力敵，又都覬覦汗位已久。兄弟二人之間骨肉相殘的內戰不可避免地爆發了。

忽必烈得知蒙哥戰死的消息時，正在率軍南伐，本不想無功而返，但是，他的妻子察必派人密報阿里不哥正調兵遣將，圖謀不軌，使忽必烈感到國內形勢危急，不能掉以輕心。幕僚郝經對他說：

「眼下宋人不值得憂慮，當務之急是對付阿里不哥。您現在雖然握有重兵，但如果他宣稱正式繼承汗位，我們還能回得去嗎？願您以社稷為念，與宋軍講和。然後率輕騎直奔燕都，使他們的陰謀不能得逞。同時派兵堵住先帝的靈昇，收蒙哥帝的印璽；再遣使通知阿里不哥、末哥等諸王到和林會喪；並命令您的兒子真金鎮守燕京……如擺出這種陣勢來，汗位就唾手可得了。」

當時，正好南宋宰相賈似道派使講和，忽必烈當即同意，遂把大軍留在江北，自己率一支親軍北上。抵達燕京時，忽必烈識破了脫里赤奉阿里不哥之命擴兵的陰謀，將所擴之兵全部遣散。又派親信廉希憲到開平爭取有實力的塔察兒擁戴忽必烈。中統元年三月，忽必烈在開平召集諸王，登上了汗位。

阿里不哥在和林擁有重兵，自恃有皇后及少數地位高的諸王的擁戴，自稱奉遺詔，也在四月宣布繼承汗位。

天無二日，國無二君。兄弟二人磨刀霍霍，都想用武力把對方消滅掉。

四月間，雙方在秦、蜀、隴地區展開了爭戰。忽必烈謀劃周密，行動果斷，以廉希憲、商挺為陝西、四川宣撫使，一路征戰，捕殺了劉太平、霍魯懷、密里火者等對方大將。在甘州以東山丹，又以合丹、八春、汪良臣等部，合兵擊敗阿蘭谷兒、渾都海，徹底粉碎了阿里不哥在這一地區的努力，使其失去了西線的優勢。

這年秋季，忽必烈在得到陝、川的財力、物力的充足供應下，乘勝追擊，親征和林。阿里不哥卻是糧草匱乏，供應困難。他自知敵不過忽必烈，便棄城而走，撤到西北方面的謙州一帶。他一面派阿魯忽主持國事，籌集糧草，一面假意與忽必烈講和，準備休養生息，伺機而動。忽必烈遂派宗王移相哥駐守邊境，自己也返回了開平。誰知第二年秋天，阿里不哥假裝投降，出其不意地發動了突然襲擊，打敗了移相哥，然後，直向忽必烈撲來。忽必烈急忙率軍反擊。

在昔木土腦兒展開一場殊死大戰，結果，阿里不哥大敗，向北逃遁，其部將都歸降了忽必烈。

此時，阿魯忽又背叛了阿里不哥，把在察合台徵集的大量牧畜、軍械、財貨據為己有。盛怒之下的阿里不哥率軍與阿魯忽開戰，大肆屠殺其兵民，手段極其殘忍，令人髮指。其部將見其如此暴虐，都紛紛離他而去。後來，阿魯忽倒向了忽必烈，原來擁戴阿里不哥的諸王也相繼投靠了忽必烈。阿里不哥成了孤家寡人，四面楚歌。最後，在至元元年七月，不得已歸降了忽必烈，結束了歷時四年之久的內戰。

按照蒙古古訓，阿里不哥應當被殺，但是，忽必烈經過漢儒文化的薰染，很想做個被人稱頌的「仁恕」之君。聯想到唐太宗李世民雖然堪稱一代英主，但他發動「玄武門之變」，殺兄奪位這個污點還是遮掩了他的光輝。如今，阿里不哥已是斷翅的飛禽，再無飛天之勢，況且當時不少蒙古諸王擁兵數萬，在關注忽必烈對阿里不哥如何懲治。不殺阿里不哥，肯定會使諸王念及他的仁厚，斷了叛逆之心。眼下一統天下大業未竟，先安定內部，再全力對付南宋，才是上上之策。

於是，忽必烈決定不殺阿里不哥，但是「死罪可免，活罪難逃」，遂賜阿里不哥一處宅院，讓他度其殘生去了。

第二年十一月，忽必烈宣布將「大蒙古」國號改為「大元」，以一個新朝雄主的姿態登上了歷史舞臺。

遁入空門的傳說——順治死亡之謎

順治（一六三八～一六六一），名福臨，皇太極第九子，皇太極卒後即位，時年僅六歲。其親政後，習漢文化儉樸不奢，開墾荒地，招撫流亡，輕徭薄賦，整治吏治，堪為明君。順治十八年（一六六一）染天花病卒，立玄燁。尊謚章皇帝，葬孝陵。

順治皇帝愛新覺羅福臨（一六三八～一六六一）是清朝開國皇帝皇太極的兒子，也是滿族入關後的第一個皇帝。他六歲即位，年號順治。開始由皇叔父多爾袞代為攝政，至順治七年多爾袞死後親政。先後滅南明福王、唐王、魯王等政權。少年英武，雖親政時間不長，卻為清代近三百年的統治開創了一個良好的局面。民間有關順治皇帝的軼事傳聞雖然沒有其曾孫乾隆皇帝多，但是也很深入人心。環繞在順治皇帝身上最大的迷霧就是他出家當和尚的傳說。

清初文士吳梅村在其《清涼山禮佛詩》中影射順治皇帝出家五臺山，從此開「順治遁入空門說」的先河，幾百年來，以訛傳訛，愈傳愈神。五臺山鎮海寺院中有一座大塔，是青白石築成的。傳言順治皇帝的屍體就埋在此塔裡邊。

魏國祚先生在他所著的《五臺山》一書有下面這番記述：

「相傳，順治十八年正月，順治皇帝年方二十四歲，因寵妃董鄂妃之死鬱鬱不樂，厭宮廷生活，棄位出家來五台，康熙奉太皇太后之命來五臺山找他父親順治……康熙來到鎮海寺，見殿前有一中年和尚打掃庭院……康熙問他叫什麼法名，他說：『我叫八×』……當他（康熙）走近南山寺，突然意識到『八×』是個『父』字，懷疑那位和尚就是他的父親。於是他又返回來找那位和尚，可是那位和尚已不知去向。問此寺僧人，僧人回答更妙：『我們這裏沒有你要找的那位和尚。』康熙吃了閉門羹，懷著失望心情走出寺院，當他回頭看寺院時，發現牆上新寫的一首詩，這首詩是這樣寫的：『離俗當僧花山寺，不慎破碗被趕出，古有子債父來償，今希父債子來還。……』因為這首詩有這樣一個含義：順治一開始出家在花山寺，由於不加小心把老和尚的碗打碎了，想叫他兒子來賠償。按照詩的主題，康熙在江西景德鎮特意燒製一窯瓷碗，分送五臺山所有的寺院。」

上述有關順治皇帝五臺山出家的傳說，到底可信不可信呢？讓我們看一看歷史是怎麼說的。

順治皇帝登基時，年僅六歲，由其叔父多爾袞與濟爾哈朗攝政。順治七年（一六五〇年），攝政王多爾袞死，順治皇帝開始親政，時年十二歲。第二年，聘博爾濟吉特氏為皇后，婚後兩年，順治討厭皇后，但礙於母親的情面，把她廢為「靜妃」，理由是「嗜奢侈」。

順治十一年（一六五四年），順治皇帝十六歲，又立科爾沁貝勒綽爾濟之女為皇后。順治皇帝的妃嬪還有董鄂氏皇貴妃、貞妃、淑惠妃、恭靖妃、端順妃、寧愨妃、恪妃、佟佳氏、穆克圖氏、巴氏、陳氏、唐氏、鈕氏、楊氏，烏蘇氏、那拉氏等。在這眾多的后妃之中，最受順治皇帝寵愛信任的是皇貴妃董鄂氏。

關於董鄂妃的身世，民間有一個非常著名的傳聞，說大清朝的皇貴妃其實就是江南名妓董小宛。在戲曲舞臺上，故事是這麼被演繹的：世家公子江南名士冒辟疆，在絳雲樓主人錢謙益及其妾柳如是的促成下，納秦淮名妓董小宛為妾。清軍南侵，董、冒失散，降清的明將洪承疇得到了董小宛，得知其為冒辟疆之妾，為洩私憤，將董偽作皇室董鄂王之女，改名董鄂氏，送到皇宮。順治對董寵愛非常，封為貴妃。冒辟疆知道後，透過已做禮部侍郎的錢謙益，買通太監，混進宮中。夫妻相見，分外悲傷。正在此時，皇太后與皇后闖了進來，見狀大怒，遂將董小宛白綾賜死。順治一氣之下，放棄帝位，於五臺山皈依空門；而冒辟疆回到故鄉江蘇，終身不仕，老死鄉里。

然而，事實上，順治的寵妃董鄂氏並非董小宛。因為，二人年齡懸殊是很明顯的。當董小宛在江南紅極一時之際，清世祖才剛剛呱呱墜地。董小宛的丈夫冒辟疆寫的《影梅庵憶語》明白地寫著董小宛於順治八年（一六五一年）去世，當時順治皇帝才十四歲，不可能納董小宛為貴妃。那麼，這個充滿傳奇色彩的董鄂妃到底是何許人也？

董鄂氏皇貴妃原是順治皇帝之弟襄親王博穆博果爾的王妃。順治皇帝十八歲那年，董鄂氏的丈夫去世，孀居在家。因為滿族遵循兄納弟妻的習俗，因此八月的時候，她被順治皇帝選入皇宮立為賢妃，十二月，又晉封為僅次於皇后的皇貴妃。

董鄂妃不僅姿容豔麗，而且乖巧聰敏。清朝皇帝歷來崇奉佛教，順治皇帝尤其篤信禪學，平時空閒時教董鄂妃拜佛參禪。董鄂妃聰慧好學，不久便對佛學有了相當的造詣，順治由此更加喜愛這位皇貴妃。她深知順治皇帝討厭奢侈不講排場，她從不要求順治賞賜金玉之物，因而深受順治皇帝的敬佩和寵愛。董鄂妃對順治皇帝的母親皇太后很孝順，深得太后歡心。她朝夕陪伴順治，精心照料飲食起居，噓寒問暖無微不至。

順治十七年（一六六〇年），董鄂妃生了一個男孩，順治皇帝非常高興，準備立為皇太子繼承皇位。不料，這個男孩只活了三個月便夭亡了。為此，董鄂妃傷悼成疾，於同年八月十八日，在承乾宮病逝，時年廿二歲。

對於董鄂妃的病逝，順治悲痛欲絕，立即追封董鄂妃為孝獻皇后，並命於景山（今北京景山公園）壽椿殿隆重祭奠。停靈廿一天期間，順治皇帝命八旗二、三品官員輪流守靈，集僧人一百零八名，啟建懺壇、金剛壇、梵綱壇，華嚴壇、水陸壇等法會，為董鄂妃超度亡魂。順治皇帝更多次親到靈前哭祭，並親撰《董鄂后行狀》的悼文。數千言長的悼詞寫得情詞懇切，催人淚下。九月九日，根據董鄂妃的遺言，順治按照佛教的葬儀，請當時的名僧茚溪秉炬將董妃火化。

在董鄂妃死後，順治皇帝太過傷感，只覺得人生少此佳人的陪伴，從此再無滋味，因此便產生了出家為僧的念頭。於是辦完董鄂妃的喪事以後，順治皇帝就請火化董鄂妃的茆溪和尚給自己剃了髮。茆溪和尚的師父玉林和尚聽說順治皇帝落髮的消息後，親自在十月十五日赴皇城西苑萬善殿勸阻順治出家為僧，同時聚集徒眾，聲言要燒死茆溪。在這種情況下，順治皇帝才取消了出家的念頭。

但是，順治皇帝再也沒有恢復元氣，他由於憂傷過度，距董鄂妃死尚不足半年後，病死在皇宮，享年廿四歲。臨死前，遺詔死後也同董鄂妃一樣，請茆溪和尚秉炬火化。於是，在順治死後百日時，順治的屍體亦由茆溪和尚在景山壽皇殿前火化了。順治皇帝與董鄂妃的骨灰，於康熙二年並葬於河北省遵化縣清東陵之孝陵。

事實上，順治皇帝從未到過五臺山，靈骨也並非安置在鎮海寺。其子康熙皇帝先後五次「攏蒙古諸王」朝拜五臺山，根本目的在於利用五臺山佛教「柔服蒙古」，並不是找什麼父親或遊山玩水。所有關於順治皇帝出家五臺山的傳說，都是查無實據。根據《順治皇帝御制董后行狀》、《清實錄》、《清史稿》、《茆溪語錄》等史籍，順治皇帝是雖曾有意為僧，但卻出家未遂。

英雄不好當

臥薪嚐什麼？

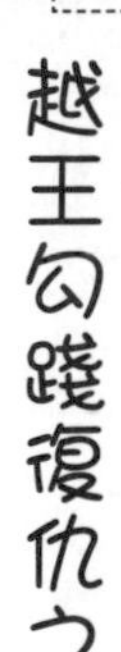

越王勾踐復仇之謎

勾踐（?～前四六五），越王允常之子，即位後，吳王伐越，越敗。前四七三年，勾踐引兵北渡淮，攻打吳國，三年激戰後，吳王夫差死，吳國滅。勾踐在位三十二年，卒。

越王勾踐臥薪嚐膽，已經是家喻戶曉的歷史故事了。據說春秋時期，越國在一次戰爭中被吳國打敗，越王勾踐被吳軍圍困於會稽山上，不得不向吳王夫差屈辱求和。從此，越國臣屬於吳，受到吳國的控制，勾踐被押回吳國後，讓他住在吳王父親墓旁的石屋裏，一邊看墓，一邊養馬。

越王勾踐在吳國宮廷中服了三年的勞役，過著奴隸般的生活，受盡了凌辱，他為了能活著回國，表面上裝出對吳王十分忠誠。三年後，吳王見勾踐很順從，就把他放回了越國。勾踐返回自己國家後，發奮圖強，決心報仇雪恨。他為了不忘記恥辱、激勵自己的鬥志，在自己的住處掛一個苦膽，無論是坐著還是躺著，總是能看見。喝水和吃飯時，都要用舌頭舔一舔、嘗一嘗苦味。晚上睡覺時，他不用床鋪，不墊被褥，而是把硬柴疊起來睡在上面，以使自己的筋骨感到疼痛。在勾踐領導下，經過十年發展生產，積聚力量，又經過十年練兵，越國強盛起來了，最終滅掉了吳國。

臥薪嚐膽的故事很有教育意義，但是歷史上是否真有其事呢？

讓我們先來查閱一下記載春秋歷史最古老的史書《左傳》和《國語》。這兩本古籍都是戰國時代的人利用春秋時代的歷史記載編纂而成的專門記述春秋史事的文獻，可信度比較高。《左傳》中「定公」和「哀公」兩部分，《國語》有「吳語」和「越語」，都詳細記述關於越王勾踐之事。但那裏沒有片言隻語談及臥薪嚐膽。直到西漢司馬遷撰《史記》的時候，才說到越王勾踐曾「置膽於坐，坐臥即仰膽，飲食亦嘗膽」，而沒有提有關於越王勾踐曾經臥薪的事。按理說，司馬遷做《史記》時曾經廣泛搜羅先秦的古籍資料，訪問歷史遺跡和民間傳說，如果真有「臥薪」一說，他不可能漏寫。

到東漢時，袁康、吳平做《越絕書》，趙曄做《吳越春秋》，專門記述春秋時吳越兩國的史事。這兩本書，在先秦古籍的基礎上，又摻入了一些小說家的怪誕離奇的傳聞，其可信程度已大打折扣。這兩本書都說到勾踐「懸膽於戶，出入嘗之」，仍毫不提及臥薪。

至唐宋時期，在一些著述文字中，開始出現越王勾踐曾「枕戈嘗膽」的傳說。唐代偉大詩人杜甫在《壯遊》詩中曾有「枕戈憶勾踐」之句。北宋王洙注釋此詩稱：越王勾踐「出則嘗膽，臥則枕戈」。南宋初年李綱在《議國是》疏中，曾說勾踐「枕戈嘗膽以勵其志」；在《論使事札子》中又說：「勾踐枕戈嘗膽，卒以報吳。」

據考證，臥薪和嘗膽連在一起，作為一個成語來使用，最早見於北宋蘇軾所寫的《擬孫權答曹操書》（載《東坡續集》卷九）。這是一篇遊戲性質的書信體文章。北宋的蘇軾為三國時的孫權起草了一封答曹操的書信，信中蘇軾設想孫權在三國鼎立時曾「臥薪嚐膽」。它的內容原與勾踐是不相干的。到南宋時期，呂祖謙在《左氏傳說》中，曾談及吳王夫差有「坐薪嘗膽」之事。

至明代張溥作《春秋列國論》又說：「夫差即位，臥薪嚐膽」。以後馬驌編《左傳事緯》和《繹史》仍把臥薪嚐膽之事繫於吳王夫差名下。至清初吳乘權編《綱鑑易知錄》記：「勾踐反國，乃苦身焦思，臥薪嚐膽。」不久，蔡元放在修訂的《東周列國志》中又云：「（越王勾踐）累薪而臥，不用床褥；又懸膽於坐臥之所，飲食起居必取而嘗之。」這樣，關於臥薪嚐膽的故事才愈傳愈廣。

說「臥薪」的記載最早出現於宋代，有的學者表示不能同意。他們認為《吳起春秋》所記越王勾踐「目臥則攻之以蓼」，就是「臥薪」之意。所謂「蓼」，清人馬瑞辰解釋為「辛苦之菜」（《毛詩傳箋通釋》卷六）。這種「蓼」菜積聚得多了，就成為「蓼薪」。越王勾踐那時日夜操勞，眼睛疲倦得想睡覺（「目臥」），就用苦菜（「蓼薪」）來刺激。嘗膽是讓味覺感到苦，臥薪是讓視覺感到苦。後人把「臥薪」說成睡在硬柴上，那是一種誤解。

「嘗膽」和「臥薪」，是歷史上真有其事，還是出於誤傳？越王勾踐曾「枕戈嘗膽」，還是「臥薪嚐膽」？臥薪的具體含義是什麼？是想睡覺時用苦菜刺眼，還是睡在硬柴上磨煉筋骨？要弄清這些問題，還需要我們進一步研究和思考。

勾踐劍千年不朽之謎

一九六五年十二月，中國一支考古隊在湖北挖掘楚國古墓時，發現一把古劍，劍身赫然出現「越王勾踐自作用劍」八個字。令人不可置信的是，這把青銅長劍埋藏地下兩千多年，劍身竟然完好如新，出鞘後寒光四射，毫無鏽蝕，而且鋒利異常，二十餘層紙片一劃而破。經過專家研究，原來越王劍的表面有一層鉻鹽化合物。鉻是極耐腐蝕、極耐高溫的稀有金屬，地球岩石中含鉻量很低，提取不易，而兩千多年前中國就已運用此種技術，怎不教人驚訝？

中國歷史上最有名的刺青

「精忠報國」之謎

岳飛（一一〇三～一一四二），字鵬舉，相州湯陰（今河南）人，南宋抗金將領，著名民族英雄。任職秉義郎、節度使、樞密副使等職。宋高宗、秦檜欲與金議和，其極力反對，並出兵抗金，收復鄭州、洛陽失地。紹興十一年（一一四二），以「莫須有」罪被殺。寧宗時追封鄂王。遺有《岳武穆遺文》。

關於「岳母刺字」一事，記載最詳細的要數清代錢彩撰寫、金豐增訂的《精忠演義說本岳王全傳》（簡稱《說岳全傳》），其中第二十二回「結義盟王佐假名，刺精忠岳母訓子」是這樣寫的：

岳飛這日在家閒坐，忽然有一客人到來，宣稱要與岳飛學些武藝。客人態度極其誠懇，言辭又很得體，不像是個騙子。他要求同岳飛結拜為兄弟，岳飛欣然允之。只見那人打開黃綢包裹，拿出馬蹄金、大珍珠、羊脂玉帶等十分貴重的禮物，吆喝著讓岳飛接旨。原來這人名叫王佐，是湖廣洞庭湖通聖大王楊么麾下的來使，引誘岳飛一起造反，當即遭到岳飛嚴詞拒絕。

岳母聽說了這事，覺得非同小可，便說：「我兒，你出去端正香燭。」岳飛遵命置備，很快把這些事情辦妥。岳母遂帶領媳婦在神聖家廟之前焚香燃燭，拜過天地祖宗，然後命兒子跪著，媳婦磨墨，她先拿起毛筆，在岳飛背脊正中寫好「精忠報國」四字，又拿過繡花針來，一針一針刺好，再小心用醋墨塗了，岳飛背上從此留下這一刻骨銘心的刺墨。

岳母之所以這樣做，主要是怕日後「又有那些不肖之徒前來勾引，倘我兒一時失志，做出些不忠之事，豈不把半世英名喪於一旦」？老人家害怕說話分量不夠，於是針刺肌膚，給兒子留下永遠也不會抹去的囑記。

據《說岳全傳》增訂人金豐在序言中說，本書「不宜盡出於虛，而亦不必盡由於實」。這樣虛實結合，不僅讓人覺得耐看，也使人物傳記獨具特色。可是書中所說「岳母刺字」的真實性卻令人懷疑。

首先，岳飛的母親姚安人並不識字，說她執筆寫下「精忠報國」（或「盡忠報國」）讓人難以相信。據《百氏昭忠錄》：「王（岳飛）天性至孝，自北境紛擾，母命以從戎報國，輒不忍離，屢趣之，不得已，乃留妻養母。」岳飛參軍以後，長年不能回家，母子之間難免互相掛念。一次，岳飛的戰友前來看望老人，姚老太太熱情招待，並託其給兒子帶口信說：「為我語五郎勉事聖天子，無以老媼為念也。」由此看來，岳母並不識字，否則她不會給兒子只帶口信。若說時間緊迫，來不及給兒子寫信，平時母子可以通信，至今沒有發現岳母能文的記載，可見這位老太太不會寫字。

其次，宋代盛行刺配之刑，刺字因此成為專門技術，須有一套操作程序。從史料記載看，大都以梅花針、三角針作為刺字專用工具，還要敷以醋墨及止血湯藥。岳母乃一農村婦女，使用繡花針堪稱行家，但要給人刺字，恐怕並不內行，焉能做得如此俐落？

在《宋史》岳飛本傳中，確實有背上刺字的記載。宋高宗紹興十一年（西元一一四一年），岳飛遭到投降派秦檜等人的陷害，要把他投入大獄。當朝廷派人去逮捕他和養子岳雲時，面對「莫須有」的罪名，岳飛從容以對，他笑著說：「皇天后土，可表此心。」差官當然不會理睬這些，仍然把他抓了起來。「初，命何鑄鞫之，飛裂裳，以背示鑄，有『盡忠報國』四大字，深入膚理。」但是，《宋史》並沒說明字是誰刺的，有可能是岳母刺的，也有可能是岳飛請人刺的。

誰才是凶手？

岳飛慘死之謎

宋高宗（一一〇七～一一八七）趙構，字德基，徽宗第九子。靖康元年受命兵馬大元帥，次年稱帝於南京，建都臨安（今杭州），史稱南宋。其在位期間，一味與金議和割地、稱臣、納貢，殺害抗金將領岳飛，紹興三十二年退位，為太上皇。其苟安偷生，偏於一隅，使南宋版圖日趨窄小。廟號高宗，墓號思陵。

一一四二年，一代抗金名將岳飛屈死風波亭。說到殺害岳飛的兇手，連小孩子都知道是大漢奸秦檜。可是，事情並非這麼簡單。除了秦檜，是不是還有人對岳飛欲除之而後快？讓我們分析一下岳飛被殺的整個過程。

靖康之變後，長江以北的國土基本淪喪，但是在東南的杭州，南宋的小朝廷還繼續存在著。一一三四至一一三六年，南宋的國勢由於有岳飛、韓世忠等良將的佑護，逐漸強盛。而此時金國因連年用兵，統治集團內部相互殘殺，政局動盪，已經無力大規模南侵。現在正是收復國土的最佳時機，可是身為一國之主的高宗卻對收復失地憂心忡忡，一切收復故土之舉都受到了他的阻撓。這是怎麼回事呢？

原來，宋高宗趙構自從登位後，心中一直存有一個疙瘩，那就是擔心「二聖」（宋徽宗、宋欽宗）歸來，自己就做不成皇帝了。趙構從建康到揚州到臨安，一路上如同喪家之犬，至今驚魂未定，記憶猶新。稍有小勝，他想的不是乘勝追擊，而是以這點勝利的成果作為與金人討價還價的籌碼。因此，他不惜將中原大片河山拱手讓與金人，甚至不斷派遣使者赴金進行討價還價的割地乞和活動。宋高宗覺得和議的時機已到，便起用與金國有曖昧關係的秦檜。

無奈高宗與秦檜的和議企圖只是一廂情願，因當時掌握金朝廷實權的是主戰派，不僅南宋派往金國議和的使者被扣留了，而且金軍對南宋的侵擾依舊連綿不斷。這一下，高宗和秦檜等於是自己打了自己幾個巴掌。迫於輿論，高宗不得不在一一三六年六月將秦檜罷相，而後，還自我辯解了一番，說原來就不同意秦檜的意見，並故作姿態地說出「終不復用」秦檜的話來。

宋高宗丟車保帥這一招終於平息了輿論的不滿。但沒過多久，即次年正月，出使金國的使者歸來了，並帶回金國內部新掌權者是主和派的消息。如此一來，宋高宗又看到了議和的希望。

於是，他馬上自食其言，當月便重新起用秦檜為樞密使，這可是最高的軍事長官。年底，金國內部的主和派頭目又捎信給高宗，表示願意歸還徽宗的靈柩與皇太后，以及河南諸州。宋高宗聞訊大喜過望，更加堅定了議和的決心。議和自然要倚重與金國有特殊「管道」的秦檜，他向高宗說：陛下要想議和，單獨與我商議就可以了，不要群臣參雜干預，那麼事情一定會辦成。於是，在一一三八年三月，秦檜被任命為宰相兼樞密使，軍政大權全部落在他一人手中。

秦檜的再度復相，使投降勢力成為南宋朝廷中的主導力量，影響甚大，特別是抗金事業開始出現波折。朝廷中雖然也有許多大臣反對議和，但高宗無論如何是聽不進去的。一一三九年正月元旦，南宋朝廷正式宣告宋金議和達成，宋帝向金稱臣，並且每年向金貢獻銀廿五萬兩，絹廿五萬匹。這是一個屈辱的條約，宋高宗不但不引以為恥，反而心安理得，自鳴得意。

在這種情況下，岳飛仍不忘北伐之志，他還屢次上書，反對議和，並且要求出師中原，但都如石沉大海，反而受到高宗的疑忌。宋金議和成功後，岳飛還上書表示希望收復兩河、燕京等地，為國雪恥復仇。這次上書，成為傳誦一時、振奮人心的檄文。宋高宗為了籠絡岳飛、韓世忠這些抗金大將，希望他們同意和議，特對他們加號晉爵。但岳飛四次上書力辭不受，希望此舉能給自欺欺人的高宗敲起警鐘，以防不測風雲。果然不出岳飛所料，和約墨蹟還未乾，次年夏，金國主戰派入主朝政，就立即撕毀和約，又發動大規模的南侵。大兵壓境，宋高宗無奈，只有下令迎戰。

當時，岳飛是南宋抗金的旗幟，深受金兵鐵蹄蹂躪的中原人民一直盼望神勇無比的岳家軍能早日渡江北上。一一四〇年六月，岳飛從德安府大舉北伐，先後收復了蔡州、潁昌、淮寧、鄭州、洛陽。接著，他又派抗金義軍首領梁興等回到太行山，領導各地義軍在金兵後方展開鬥爭。岳飛自己則帶著輕騎駐守郾城，大軍逼進金朝在中原的戰略要地開封。不久，雙方在郾城會戰，鏖戰空前激烈。

岳飛一馬當先，只在轉眼間就將敵將斬於馬下。郾城一役，宋軍大獲全勝。金兵不得不驚呼「撼山易，撼岳家軍難！」岳飛躊躇滿志，決定向朱仙鎮進軍。看來收復舊都，已是指日可待。想到這，岳飛不能不激動，不能不流淚了，盼了多少年，就是盼這一天的到來。他抑止不住滿懷的豪情，勸勉部下說：「直抵黃龍府，與君痛飲耳！」

就在岳家軍進軍朱仙鎮的同時，從杭州的鳳凰山宮廷中接連發出下令撤軍的十二道金牌，令岳家軍即刻班師回朝。這些紅漆金字的木牌都是由宋高宗親自簽發，以快馬加鞭的速度，馳送至岳飛手中。看著「金牌十二道」，岳飛不禁仰天長嘆道：「十年之功，廢於一旦。」岳家軍班師南回後，業已收復的故土，又盡落於金人之手。

假如沒有這十二道金牌，假如岳家軍沒有班師回朝，那麼以後的歷史就有可能重新改寫，就連金人自己也說：「岳飛不死，大金滅矣！」

第二年四月，岳飛在都城臨安（今杭州市），與另外兩位抗金名將韓世忠、張俊一起被解除了統兵權。這年七月，金相宗弼致書秦檜說：「汝朝夕以和請，而岳飛方為河北圖，必殺飛，始可和。」秦檜認為主戰最力的岳飛不死，定為和議梗阻，自己早晚也會連累受禍，便指使中丞何鑄上疏，誣陷岳飛有罪。

九月，王俊又秉承秦檜旨意，誣告岳飛部將張憲謀反。十月，岳飛、岳雲父子以「莫須有」罪名被逮下獄。岳飛自認為無罪遭冤，曾據理辯誣，後來看到審訊他的人換成秦檜死黨，岳飛知道申辯也無用，遂閉目不言。十二月二十九日，與岳雲、張憲同時被害，年僅三十九歲。岳飛被害的消息傳出後，杭州百姓嚎啕痛哭，哭聲響徹大街小巷。

秦檜要殺岳飛的原因，普遍認為與秦檜主張的議和政策有關。秦檜由金歸宋後，用不正當的手段爬上右相的高位，並排擠走了一手提拔他的原宰相趙鼎，引起了岳飛的不滿，秦檜知道後不露聲色，但與岳飛產生了仇隙。更讓秦檜感到棘手的是岳飛激烈反對自己的議和主張，說什麼：「金人不可信，和好不可恃，相臣謀國不臧，恐貽後人譏！」這種看法有一定道理，但仔細推敲之下又有漏洞。

雖然秦檜權勢很大，可是他也不能輕易誣陷掌握軍權的名將岳飛。即使能這樣，像岳飛這一「承詔置推」的大案要案，高宗一定會親自過問，難道宋高宗就一點也不會反對嗎？用「莫須有」三個字就能將一個實力派名將置於死地，這也太滑稽了。再說，攻擊過秦檜的議和政策的人不止岳飛一人，像宜興進士吳師古、奉禮郎馮時行等，都多次公開反對過秦檜的議和勾當。對這些普通的朝臣，秦檜尚且不能隨意構陷殺害他們，怎麼會用這種伎倆處死已是樞密副使（相當於國防部副部長）的岳飛呢？

岳飛從入獄直到被害，只有短短三個月的時間，要殺岳飛這樣的名將，恐怕只有高宗趙構才有這個本事。不過趙構對岳飛也曾信任和重用過，趙構曾「手書『精忠岳飛』字，製旗以賜之」，岳飛也頗引為自豪，一直打著這面旗幟，這說明君臣之間的關係是不錯的。何況像岳飛這類能征善戰的武將，是朝廷的棟樑之材，江山社稷的中流砥柱，摧毀這根重要支柱，他的江山也坐不穩啊。

從這個方面來看，趙構是不會殺岳飛的，但是聯繫當時的歷史背景和他與岳飛相處的整個過程，趙構很有可能就是殺害這位抗金名將的元兇。

北宋歷來忌諱武將，對武將施行嚴厲的限制措施。宋高宗還沒有忘記自北宋開國以來歷代皇帝都採取嚴厲的措施防範武將擅權，以免其擁兵自重、尾大不掉，重蹈唐末五代地方藩鎮割據的覆轍。紹興七年（西元一一三七年），岳飛因奔母喪，未經批准即把兵權交給了張憲，引起了高宗的極大不滿。另外，岳飛年僅三十二歲就做了節度使，這本是一件好事，但心地耿直的岳飛曾流露出自負的情緒，被秦檜一夥報告給趙構，皇帝當然老大的不高興。

高宗剛即位的時候，金國就放風說要送回宋欽宗的兒子趙諶來當皇帝，引起了南宋王朝的一陣混亂。趙構最擔心的就是外界說他的名分不正，最害怕的是很快失去皇位。岳飛當時是眾望所歸，而且擁有精兵良將，如果讓岳飛打過黃河，那後果是宋高宗所不敢想的。另外，如果岳飛直抵燕京，迎歸欽宗或他的兒子，高宗更怕自己的位子就要讓出了。趙構無須權衡，只有殺掉岳飛才能切實保住自己的皇位。這樣一來，岳飛不論有多大功勞，也不能讓皇帝感到安全，他只有赴難。

還有一件事情頗為耐人尋味。秦檜病死後，當年被貶逐的抗戰派大將張浚等人恢復了官職，以前遭到秦檜陷害的人也平反的平反，復官的復官。這時，許多大臣紛紛要求為岳飛平反，但宋高宗一概置若罔聞。直到他的兒子即位上臺，才下令為岳飛昭雪。由此看出趙構一直沒有後悔殺害岳飛，換句話說就是，他仍然認為岳飛該殺。從這件事上可以看出，如果陷害岳飛的主謀不是趙構，那麼他也至少應該算是一個合謀者。儘管秦檜罪大惡極，但如果把所有的責任加在秦檜身上，也是不符合事實的。

瑜亮有心結？諸葛亮奔喪之謎

諸葛亮（一八一～二三四），字孔明，琅琊陽都（今山東沂南）人，三國蜀漢政治家、軍事家。建安十二年（二〇七），在劉備三顧茅廬之下，開始輔佐劉備。在其運籌之下，幫助劉備建立了蜀漢政權，後又輔佐劉禪處理蜀漢政務，封武鄉侯。建興十二年，病死於五丈原軍中，葬定軍山。傳其有呼風喚雨、撒豆成兵的「神力」。

在《三國演義》裏，諸葛亮去東吳為周瑜（一七五～二一〇）弔孝，是很有名的一個情節。諸葛亮在荊州夜觀天象，突然看到一顆將星墜地，就笑著對劉備說：周瑜已經死了。於是諸葛亮決定去東吳弔喪，因為他在觀天象時，看到還有許多將星生在東方，說明東吳境內還有不少人才，所以有必要借弔喪為名，去東吳走一趟，為劉備物色人才。

劉備很替諸葛亮擔心，說大家都知道周瑜是被你諸葛亮氣死的，你去東吳，不是自己送入虎口嗎？諸葛亮卻很有把握地說：「周瑜在世的時候尚且奈何我不得，如今周瑜死了，我還怕什麼呢？」於是由趙雲率軍五百，保護諸葛亮到了東吳。

果然，周瑜的部將見了諸葛亮，如同仇人相見，分外眼紅，恨不得馬上宰了他，只是因為有趙雲帶劍相隨，不敢下手，諸葛亮的祭文，不但稱頌周瑜當年隨孫策創立霸業，赤壁之戰大破曹操的種種卓越功績，而且悲嘆痛失知音，說周瑜一死，從此天下便無知音。

諸葛亮讀罷祭文，又伏地痛哭，淚如泉湧，哀慟不已；這一番舉動，簡直讓東吳人真假難辨。東吳諸將對諸葛亮的看法也不覺發生改變。諸將議論：「人盡道公瑾（周瑜字）與孔明不睦，今觀其祭奠之情『人皆虛盲耳』。」魯肅更是認為：「孔明自是多情，乃公瑾量窄，自取死耳。」

諸葛亮的這一舉動，不僅讓當時的東吳眾人皆驚，也讓後人眾說紛紜。諸葛亮為周瑜弔喪，是出於真心還是做秀？

有人認為，諸葛亮哭周瑜是想到痛失知音才悲傷落淚的。雖然周瑜對諸葛亮心懷嫉妒，但也是個英雄，能夠嫉妒我者，也算是知音。因為知音即是瞭解自己的人，雖然心有芥蒂，可是也可以稱得上「知」自己者。周瑜非常清楚諸葛亮的才能，因此才妒嫉諸葛亮，才三番五次想辦法除掉諸葛亮，當然在這種意義上，他也可以算得上諸葛亮的知音。諸葛亮和周瑜兩人分別屬於不同的政治集團，各為其主。從他們所處的集團利益出發，周瑜想殺掉諸葛亮，諸葛亮設計氣死周瑜，都是政治鬥爭的需要，都是十分正常的。就諸葛亮個人的角度來看，即使周瑜處於敵對立場，也算是最瞭解自己，最能夠認識自己價值的人。然而周瑜死後，世上再無知音，再加上當時氣氛的感染，諸葛亮不禁潸然淚下。因此，在哭的過程中，儘管有幾分做秀的成分，但也有幾分真哭的成分。

可是，諸葛亮是一個城府何等深沉的人物，他的哭聲中到底又有多少真情呢？讓我們接著來看一看諸葛亮弔喪出來發生了什麼事。諸葛亮正要上船回蜀，突然岸邊走來一人，此人冷不防一把揪住諸葛亮大笑道：「你氣死周郎，卻又來弔喪，明欺東吳無人耶！」諸葛亮一驚，急忙看是誰，原來是龐統，於是諸葛亮也隨即大笑。諸葛亮被龐統一語道破心事，只好用尷尬的笑聲兀自掩飾一番。將政治上的對手置於死地，是出於政治鬥爭的需要，倒也可以讓人理解，可是如果還要居心叵測地來弔喪，就有些讓人不悅了。

根據三國演義中的描述，孔明曾有三氣周瑜的記錄。

諸葛亮一氣周瑜是『幾郡城池無我分，一場辛苦為誰忙』。諸葛亮趁周瑜箭傷與曹仁對峙之餘，先命趙雲奪取南郡；後又用兵符詐調荊州守城軍馬來救，然後命張飛襲取荊州；接著諸葛亮又差人以兵符，詐稱曹仁求救，誘夏侯惇引兵出，命關羽襲取襄陽。周瑜得知消息，大叫一聲，金瘡迸裂。

二氣周瑜是『周郎妙計安天下，賠了夫人又折兵』。周瑜為取荊州，假藉吳侯嫁妹為由，騙得劉備來到東吳，卻因諸葛亮識破詭計，使得周瑜先欲殺劉備不得，後欲軟禁劉備失敗。劉備攜孫權之妹潛回荊州，周瑜欲率軍親自捉拿劉備時，諸葛亮預先令黃忠與魏延領軍殺出，並令沿江荊州軍士大喊『周郎妙計安天下，賠了夫人又折兵』，周瑜氣得金瘡迸裂，倒於船上。

三氣周瑜是『一著拱高難對敵，幾番算定總成空』。周瑜為取荊州，假藉要幫劉備攻打益州為由而借道荊州，然後想趁劉備出城犒軍之際，生擒劉備，逼使劉備交還荊州。結果被諸葛亮識破，派四路軍馬揚言要捉周瑜，氣得周瑜箭瘡迸裂墮於馬下。

誰把諸葛亮弄哭了？馬謖被斬之謎

馬謖（一九〇～二二八），字幼常，三國襄陽宜城（今湖北宜城）人，蜀漢大將，為諸葛亮所重。建興六年（二二八）諸葛亮攻魏，其為前鋒，因違命而大敗於街亭。入獄後，病故。一說為諸葛亮斬殺。

失街亭可能是神機妙算的諸葛亮一生中最失望的一場戰役。當時蜀國北伐曹魏，勢如破竹，大有統一全國的架勢。諸葛亮讓馬謖為前鋒，率二萬五千精兵守街亭（今甘肅莊浪東南），並再三叮嚀，讓他務必守住街亭，在衝要之地安營，使敵軍不能通過。馬謖沒有遵從諸葛亮的命令，不在當道設寨，卻在山上安營。結果魏軍利用山勢圍山斷水，長驅直入，馬謖抵擋不住，率殘兵撤退，於是街亭失守。馬謖的過失導致北伐關鍵戰役的失敗，街亭一戰迫使諸葛亮黯然引兵退回關中，喪失了一片大好的戰略前景，馬謖也被諸葛亮揮淚斬決。

馬謖的失敗使他在人們心中的形象成了一個「成事不足，敗事有餘」的趙括式人物，自以為熟讀兵書，高人一籌，臨陣獨斷獨行，不遵循諸葛亮的正確部署，又不採納副將王平的苦苦勸諫，棄城不守，捨水上山，自以為是實踐「置之死地而後生」的兵法。他的輕敵自大導致喪師誤國，罪應伏誅。據說馬謖領命為前鋒時，立過軍令狀，表示若有失誤便「乞斬全家」。所以，諸葛亮以軍法處決罪將，理所當然，名正言順。

但是馬謖的戰略決策也並非一無是處，他沒有拘泥諸葛亮的用兵方法，而是自己根據實際情況，採用居高臨下的軍事佈局，從街亭的地形與兵法原則兩方面看，也是正確的。如果按照諸葛亮的戰術走，保住街亭的希望更小也未可知。所以，有人指出，馬謖罪在必誅，但不是因為一戰之敗，而在於他在戰爭關鍵時刻違抗上級的指揮，又在危急時棄陣逃跑，按當時的軍令，違抗節度與臨陣退卻都是死罪。

作為最高指揮官的諸葛亮本人也不能說沒有責任，他選將不當，授任無方，應負更大的責任。當年劉備早已看出馬謖志大才疏，臨終前告誡諸葛亮曰：「馬謖言過其實，不可大用，君其察之！」但諸葛亮沒有在意，仍付以前鋒重任，致使街亭大敗。而諸葛亮自己也在《街亭自貶疏》中自責：「不能訓章明法，臨事而懼，至有街亭違命之闕，箕谷不戒之失，咎皆在臣授任無方。」

如果當時諸葛亮派後續部隊及時參戰，形成一種山上弩機齊發，箭下如雨，王平在強弩掩護下反擊，後續部隊對張郃實施反包圍的局面，那麼街亭之戰會是另一種後果。諸葛亮讓馬謖成為遠懸於外的孤軍，自己屯兵祁山，滯留不前，加速了馬謖的覆敗。因此《三國志》的作者陳壽說諸葛亮是一流的治國天才，不下管仲、蕭何，但是論軍事指揮，就不能算上乘了。這種看法也不能說是偏見，還是有一定根據的。

既然結果決定了手段的正確性，那麼戰敗的馬謖對失街亭當然應該負有不可推卸的責任，但是失街亭之敗有多方面的原因，不能簡單歸結為馬謖的指揮失誤。

史上最難請的人

「三顧茅廬」之謎

三顧茅廬，是《三國演義》中的一個故事，講述的是劉備求賢若渴，為了爭取諸葛亮輔佐自己成就事業，不惜三顧諸葛亮住所，請其出山。此已是今人耳熟能詳的故事，現多用於任賢唯用之舉。

劉備三顧茅廬一直被當作求賢若渴、尊重人才的典範。關於三顧茅廬之事，民間有許許多多傳說，史書有記載，諸葛亮本人有自述，《三國演義》有描寫，劉備當時正處於困難時期，急需人才，三顧茅廬從情理上看，完全是可能的。

《三國志・諸葛亮傳》對劉備與諸葛亮第一次相見的記載是：劉備屯兵新野時，徐庶見劉備，很受器重。徐庶對劉備說：「諸葛孔明者，臥龍也，將軍願與他相見嗎？」劉備說：「您和他一起來吧。」徐庶說：「可以登門去見此人，不能叫他屈駕來此。」於是，劉備親自到諸葛亮那裏去請教。凡三次前往，乃相見。但沒有寫關公、張飛同往，也沒有寫相見於茅廬之中。諸葛亮在他的《前出師表》中也提到了此事：「先帝不以臣卑鄙，三顧臣於草廬之中，咨臣以當世之事，由是感激，遂許先帝以驅馳。」

但是，有人指出三顧茅廬的記載並不可信。諸葛亮是位胸有宏圖之士，劉備請他出山，當然正合他的心意，他豈能大擺架子，使找上門來的機會可能失去，豈不與其政治意願大相徑庭嗎？當時的諸葛亮不過是個廿七歲的青年，劉備則是個有聲望的政治家，對諸葛亮怎能那樣低三下四？而且劉備僅憑徐庶等人的幾句讚譽之辭，就不顧路遙辛苦，對一個無名小輩低三下四，豈不唐突？

當時，劉備正面臨著曹操幾十萬南征大軍的威脅，《隆中對》對燃眉之急的現實問題不提，相反卻誇誇其談，坐而論道，大言「荊州之軍以向宛、洛」，「益州之眾出於秦川」，彷彿曹操正在坐等挨打，是不合乎情理的。同時，劉備初見諸葛亮，不會安排現場記錄。所謂《隆中對》，很可能是後人為了附會《出師表》中的三顧茅廬之說而加以杜撰的。

三國人魚豢寫的《魏略》中，所寫劉備初見諸葛亮的情況，也不是「三顧茅廬」。《魏略》說：劉備屯兵於樊城。這時，曹操方統一黃河以北，諸葛亮預見到曹操就要攻擊荊州。荊州劉表性情懦弱，不曉軍事，難以抵抗。諸葛亮乃北行見劉備。備與亮初次相見，又以其年小，以諸生對待之。諸葛亮通過談論對當時政局的對策，才逐步改變了劉備對他的冷淡態度。最後，才「以上客禮之」。

西晉司馬彪《九州春秋》也做過相同的記載。從諸葛亮終生積極進取的性格看，《魏略》、《九州春秋》所記載的諸葛亮登門見劉備是可信的。《魏略》是當時人寫當代的歷史，真實性是沒有什麼可懷疑的。

「三顧茅廬」雖然被傳為千古佳話，不過判斷它的真實性還需要進一步探索和研究。

英雄只怕被下毒？

鄭成功死亡之謎

鄭成功（一六二四～一六六二），明清時期收復臺灣的名將。福建人，弘光時監生。永曆帝封為延平郡王。永曆十五年（一六六一），他率領將士數萬人，自廈門出發，開始攻打荷蘭人侵佔的臺灣。八個月後，荷蘭人投降，臺灣重回祖國懷抱。收復臺灣後五個月，他病卒於台。

提起中國歷史上的民族英雄，人們很容易想起鄭成功這個響噹噹的名字。他收復臺灣的偉大功績，永遠為後人稱道。在臺灣僅生活了一年後，鄭成功就猝然死去，年僅三十九歲。鄭成功英年早逝，到底是什麼原因呢？

這個問題本來就不是一個很明確的問題，也很難給出一個大家都能信服的答案。鄭成功收復臺灣的過程中，局面非常複雜。他既要率部抗清，又要籌畫收復臺灣的大計。有人認為，連年征戰，精殫積慮，超負荷的工作，嚴重地損害了鄭成功的身心健康。臺灣收復後，百廢待興，政務冗雜，鄭成功是「積勞成疾，一病不起」的。李光地的《榕數語錄續集》、夏琳的《閩海紀要》和林時對的《荷閘叢談》中，基本都持這樣的看法。《榕樹語錄續集》記載：「馬信薦一醫生以為中暑，投以涼劑，是晚而殂。」《荷閘叢談》寫道：「（成功）驟發顛狂，咬盡手指死」；《閩海紀要》則說：「（成功）頓足撫膺，大呼而殂。」他們都是與鄭成功同時代的人，因此這種說法有一定影響。

但是，鄭成功這樣一個重要的人物英年早逝，不能不引起人們諸多猜想。據《臺灣外志》記載，鄭成功收復臺灣的時候，戎馬倥傯，但是他自幼身體強健，死前五天他還「登將台，持千里鏡」，巡視海域，因此積勞成疾的說法難以讓人信服。鄭成功在收復臺灣的時候「率部圍城七日」，仍「面無倦色，指揮如常」。臺灣收復後，鄭成功立即著手進行臺灣的建設和開發，短短一年中，臺灣「軍民足食，臺灣從此日益興旺」，「眾皆信服」。這些事記載於近代著名學者王芸生的《臺灣史話》。由此不難得知，倘若沒有健康的體魄、過人的精力，鄭成功是不可能有這樣的建樹的。

鄭成功的父親鄭芝龍原來是個「流民」、「海寇」。鄭氏家族於一六二八年（明崇禎元年）受明王朝招撫，協助維持沿海治安，因為屢建功勳，累官至都督同知。一六四四年清軍入關，一六四五年明唐王朱聿鍵在福州稱帝，是為唐王，改元隆武，封鄭芝龍為建安伯。這個時候，鄭芝龍攜鄭成功引見，受到唐王讚賞，賜姓「朱」名「成功」，民間稱為「國姓爺」。鄭成功受到如此浩蕩皇恩，自然鏤骨銘心，矢志忠於明朝皇室。一六四六年，朱聿鍵被清軍擒獲，鄭芝龍見大勢已去，叛明降清。這一做法遭到鄭成功的反對，他堅決不投降，乘船到南澳，募兵反攻，並取得了廈門為根據地，繼續奉明朝正朔，從此與父親分道揚鑣。

鄭成功收復臺灣後，鄭氏兄弟輩出現了裂痕，尤以鄭泰、鄭鳴駿為最。本來父親的反叛，已經對鄭成功產生了很大的打擊，而兄弟間貌合神離，更令他痛心疾首。更加令鄭成功難堪的，這個時候家中也出了件醜事，他的兒子鄭經與乳母陳氏私通。起初鄭成功還不知道，後來有人告訴他：「令郎狎而生子，不聞飭責，反加賚賞，此治家不正，安能治國乎？」鄭成功頓時「氣塞胸膛」，隨即下令殺鄭經、陳氏等人。鄭經知道後，與他的幕賓商議對策，不但將這件事一一掩飾搪塞，而且還對鄭成功說，如果他一意孤行，那麼自己準備與清軍妥協。在這樣幾重打擊之下，性格剛毅而又崇尚禮教的鄭成功終於支撐不住。一六六二年五月初八日（舊曆）鄭成功大呼：「吾有何面見先帝於地下也」，「以兩手抓其面而逝」。

有人認為鄭成功是被毒死的，清政府為了消滅這個強敵，暗中對他下毒。夏琳《閩海紀聞》說，鄭成功彌留之際，都督洪秉誠調藥以進，為鄭成功投擲於地。這裏大概可以看出，鄭成功對有人想謀害自己，已有覺察，但為時已晚。除此之外，馬信神秘地死去也是一大疑點。在鄭成功臨死前一天，吃了一帖藥，開這帖藥的師傅就是馬信推薦的。鄭成功死後五天，馬信也無疾而終。這樣的事情過於蹊蹺，所以有人認為，這很有可能是馬信被人收買，在事成後，又被真正幕後主謀者滅口。

除了積勞成疾說和被毒死說以外，還有人有其他看法。清人江日升在《臺灣外志》中認為，鄭成功的死因，緣出於「家族不睦，其子亂倫」而「氣絕而亡」的。

江日升也不同意中毒說，他在書中講了一件事。說當時清政府有一個軍官，奉上司密令，攜帶一枝孔雀膽潛入鄭軍，用重金買通了專為鄭成功做飯的廚師，要他乘鄭成功會諸將議事用點心時毒死鄭成功和他的將領。這個廚師雖然貪財，但懾於鄭成功之威，權衡再三，不敢下手，於是他把這件事交給了弟弟。他弟弟答應了，但是到了真正要下毒時，他又心虛起來，內心交戰之後，他把這件事告訴了父親，其父「聞言大驚」，怒斥其子曰：「事主而害之，不忠也；受託而背之，不信也。寧可背信，不可不忠。覆宗滅嗣豈可為之？宜速首無罪。」說完就拉著他，去鄭成功那裏自首。鄭成功聽完父子敘述，非但沒有降罪給他們，反而重賞他們，並且十分自信地說：「吾乃天生，豈人能害？」從此以後，鄭成功手下眾將領和幕賓們採取了種種保衛措施，基本上使那些企圖下毒的人沒有機會接近鄭成功。

江日升自稱，他編纂《臺灣外志》，乃據其父對鄭氏「始末靡不周之，口傳耳授，不敢一字影揑」。但是客觀地說，一部以小說體裁寫成的作品究竟不能完全被當作史實來看待。鄭成功的死因還有待專家學者進一步研究。

功臣注定難長命？——韓信被誅之謎

韓信（？～前一九六），秦末淮陽（今江蘇）人。少時家貧，曾受胯下之辱，後仗劍從軍，被劉邦拜為大將軍，戰功卓著。前二〇二年，將項羽圍於垓下，項羽亡。被漢高祖封為楚王，不久遭貶，心懷怨恨。前一九六年，被舍人告發有襲呂后、太子之罪，蕭何定計將其騙至未央宮，斬殺，夷三族。

韓信是秦漢之際的軍事家，在秦亡漢興的過程中，為劉邦奪取天下，立下汗馬功勞，被稱為漢初「三傑」之一。但韓信在功成名就之後，卻未能壽終正寢。

論軍事武功，韓信是劉邦手下的第一大功臣。他出身貧寒，秦末農民起義爆發後，他參加了農民軍，他先在項羽手下做事，後來經謀士蕭何推薦，被劉邦拜為大將軍。韓信的軍事天才在楚漢戰爭中得到了淋漓盡致的發揮。他的軍事思想非常鮮明，謀略高明，他首先向劉邦提出建立根據地的主張，然後率軍暗渡陳倉，佔領關中，在鞏固了漢中後，率軍東進，橫掃黃河下游廣大地區。西元前二〇二年，他與劉邦會合，在垓下將項羽圍而殲之，使劉邦君臨天下。漢朝建立後，戰功赫赫的韓信被封為王。然而，就是這樣一位天下無雙的大功臣，卻在漢高祖十一年一月被呂后、蕭何誅殺。韓信為何被殺？這個歷史問題一直是一個懸案，千百年來，關於韓信的死因流傳著兩種說法。

第一種說法是韓信因為功高震主而被劉邦設計殺害的。由於韓信對自己的軍事才能過分自負，幾次同劉邦發生分歧，甚至鬧到脅迫討封的地步，這不能不使劉邦心中有所防備。漢高帝五年（西元前二〇二年），劉邦被楚軍圍困於滎陽，命令韓信率軍救援，韓信趁火打劫，提出如果不封王，他就見死不救。劉邦怒火中燒，但是迫於危急的形勢，就暫將恨意壓抑下去，違心地封其為齊王。劉邦何等聰明，既然韓信對自己還有價值，就要留著他，但劉邦既然存了猜忌和防範之心，只要一有機會，就會給他點顏色看看。

齊人蒯通曾勸韓信自立為王，並向他指出繼續聽命於劉邦的危險性。韓信不忍背漢，又自以為功高，劉邦不會狠下毒手，沒有聽從他。劉邦發現，項羽故將鐘離昧與韓信交往密切，項羽敗亡後，鐘離昧投靠了韓信，這更加引起劉邦懷疑。

韓信到楚之後，不到一年時間就有人告發他謀反，這就更堅定了劉邦誅除韓信的決心。劉邦儘管沒有抓到韓信謀反的確鑿證據，還是把他做了降職處理，由原來的楚王改封為淮陰侯，將他軟禁在京城。儘管對韓信防範嚴密，劉邦還是抓不到韓信的把柄。後來陳豨叛亂，正好可以給韓信羅織一個合謀的罪名，這樣在他還沒鬧明白怎麼回事的情況下，秘密地將其處死。

第二種說法是韓信被殺的原因有謀反之心。持此說者認為，韓信為人不忠誠，是一個很不安分的將領。他在從軍之初，曾經幾次「跳槽」，原因是感覺給的好處太少，不願再為舊主效勞，於是轉身再擇他主。後來碰到劉邦，才安定下來。在劉邦這裏，韓信獲得了發揮自己軍事才能的好機會，隨著名望和軍功漸隆，韓信開始起異心了。韓信自恃功高，沒有把其他人放在眼裏，也不注意自己的言行，他公開地與項羽的故將鐘離昧交往，出入有嚴密的衛兵左右，甚至超規格地使用儀仗隊，不會不引起劉邦的忌諱。

擒拿韓信可不是一件小事，為了迷惑韓信，劉邦採用陳平的調虎離山之計，去楚地雲夢遊覽，臨時通知韓信到楚西陳地開會，突然將其逮捕。但是劉邦感覺現在下手不合適，因為韓信謀反證據不足，又是幫助自己得天下的功臣，於是就赦免了他，不過將他降封為淮陰侯，讓他居住長安，意在便於監視。韓信知道皇帝不會放過自己，決定鋌而走險。

漢高帝七年，韓信與邊將陳豨勾結起來，裏應外合，準備大舉叛亂。陳豨果然造反，劉邦起駕親征，韓信稱病不去，卻準備在京城接應叛軍。不料計畫尚未實施便洩漏，劉邦的皇后呂雉知道韓信不好對付，決定設計擒拿韓信，她讓蕭何對外宣稱陳豨叛亂已被成功平息，傳命群臣進宮慶賀。韓信毫無戒備，按時前往，誰知在長樂宮鐘室遭到埋伏在那裏的軍士襲擊，最終命喪黃泉。韓信謀反未成，自己先送上了命。

有的學者指出，韓信之死，是由漢初統治者的預定國策所決定的。在西元前二〇六年至前二〇二年楚漢戰爭的過程中，劉邦身邊共有七人取得王爵，建立了半獨立的王國。劉邦在特定的歷史條件下封七名功臣為王，史稱「異姓諸王」。他們據有關東的廣大區域，擁兵自重，為政一方，是漢朝加強中央集權的最大障礙。劉邦當初封他們為王，原是不得已的權宜之計。他在做皇帝以後的第六個月，就藉口諸王謀反，開始一個一個地收拾他們，那些異姓王必然成為「家天下」的犧牲品。異姓諸王中，長沙王吳芮勢力最小，國土又僻遠，因此倖免於殺戮。其他如韓王信、淮南王黥布、燕王盧綰等均由於劉邦懷疑、逼迫，以致走上反叛道路，最終被消滅。梁王彭越、趙王張敖則如楚王韓信一樣，被加以謀反藉口被殺。像韓信這樣「連百萬之軍，戰必勝、攻必取」的良將，怎能不讓劉邦心驚肉跳？

不管韓信有沒有謀反的企圖，根據劉邦的性情，他都不會善終的。像韓信這位傑出的統帥，在劉邦看來，只要他存活於世，就對劉氏天下是個巨大的威脅。鳥盡弓藏，兔死狗烹，正是許多開國功臣的遭遇，歷史上這樣的例子舉不勝舉，讓人感嘆唏噓不已。

要腦袋還是要美貌

諸葛亮娶醜女之謎

據史書上記載，諸葛亮「身高八尺，形細而粗，猶如松柏」，更兼有「逸群之才，英霸之器」。可謂稱絕一時，因此向他求婚者甚多。可奇怪的是，這位頗有名氣的美男子偏偏選中了當地沔南名士黃承彥的女兒阿醜，據說她「瘦黑矮小，一頭黃髮」，在當時就落下了「莫學孔明擇婦，只得阿承醜女」的笑柄。

諸葛亮為何會娶醜女為妻？向來有各自不同的看法。一種傳統的觀點是諸葛亮重才不重貌。阿醜雖然長得醜陋，卻才識過人，出身名門，和諸葛亮頗為投緣。兩人結婚後，阿醜曾積極為夫出謀劃策，這對諸葛亮來說是極有啟發和幫助的。諸葛亮願娶阿醜這樣的賢女為妻，所以也就不會考慮其長相如何了。

近年來，有學者從另外的角度提出了新的見解。認為諸葛亮娶阿醜是他經過深思熟慮之後所做的一件大事，主要是出於政治上的考慮，是借助於女方的門戶家世為自己的前途服務。

諸葛亮家境清寒，門第不顯，自幼喪父，跟著在南昌做豫章太守的叔父諸葛玄生活，少年時代流離轉徙，深受強宗豪族的壓制。十四歲時，叔父因官被奪，遂投靠劉表；叔父死了，他時年十七歲，就在襄陽城西二十里的隆中定居。他雖然住在鄉下，卻並非碌碌無為之少年，不想無聲無息地隱居一輩子，而是有著出將入相的抱負，懷著取威定霸的雄心，立志要登上政治舞臺而建功立業，時刻關心著國家的盛衰。為了達到這一政治目的，諸葛亮突破重重困難，積極展開了一連串活動。

首先，他除了在南陽「躬耕隴畝」藉以維持生活外，還博覽群書，廣交朋友。當時中原戰亂，江東紛爭，而荊州上通巴蜀，下達江東，政治地位、戰略地位十分重要，歷來為兵家必爭之地。且境內晏然，不失為棲身之地。所以中原許多人南渡到此，年輕的諸葛亮能夠廣交朋友，遠博清名。南陽郡是當年光武帝劉秀中興漢室的發祥地，在這裏居住就有居帝鄉思帝業之感。其次，諸葛亮系統地學習了經史子集，加上從小報效皇恩的正統觀念很強，逐漸形成了他一整套忠君報國的政治主張。盡全力來發展同荊州地主集團的關係，而視「曹操是國賊，孫權為竊命」，不願出山事之，一直等待時機。由於諸葛亮態度恭敬，才識過人，便很得荊州地主集團頭面人物龐德公、黃承彥等人的賞識。

諸葛亮出於這種政治上的考慮來看待婚姻大事，他對於自己和家人的婚事煞費苦心。首先，他把姐姐嫁給了龐德公的兒子，龐德公在荊州地主集團中是襄陽地區頗有名望的首領人物，對諸葛亮賞識備至，稱他為「臥龍」，諸葛亮就這樣在荊州站穩了腳跟。然後，諸葛亮為弟弟諸葛均娶了一門名媛，就是南陽名流林氏之女。最後也是最重要的，他自己擇婦結親，當然要服從既留荊州、又能結交望族這一政治目的，所以，諸葛亮毫不猶豫地娶了醜女黃氏。

要知道，黃氏之父黃承彥是沔南名士，又是荊州地主集團中另一個有影響的人物。這位醜妻，起碼可以給諸葛亮帶來三樁好處，第一，黃承彥這位岳父大人在當地有相當聲望，對諸葛亮很有幫助；第二，黃妻蔡氏和劉表的後妻是姐妹關係，做了黃家的女婿，就攀上了劉表這門皇親。這二層關係對於想建功立業的諸葛亮是不會不著重考慮的；第三，兩個姐姐從中撮合，諸葛亮可能也沒有過多心思用在兒女情長上面。所以對妻子的外貌不會太過計較。所以當黃承彥當面問及諸葛亮時，他當即拜謝泰山，把從未見過面的阿醜娶了過來，從而為諸葛亮進入地主集團開了「綠燈」。

還有人為諸葛亮的婚姻觀念做出解釋，除了政治上的好處之外，風俗習慣也可以幫助探索和理解諸葛亮的婚姻態度和動機。自古「賢妻美妾」是一種擇偶的觀念。正妻幫助丈夫來治家，所以首先重視具有才德，容貌則是次要的。才與美不可兼得之時，當以才德為主。而妾就是小妻，才是男人真正喜歡的女性類型，容貌常常是她們取勝的「武器」。諸葛亮事實上後來也娶了一妾，是不是可以證明他也有這樣的觀點在主導呢？對於這一點，一般人都避而不談，看來是為尊者諱了。對此，有的學者認為：從這一點來看，諸葛亮並非像人們描繪的那樣聖明，他娶醜女一事也不值得作為一種美德來頌揚。

儘管後人對諸葛亮娶醜女的動機尚有爭論，但這樁婚姻對他以後在政治上的發展無疑是起了推動作用的，這大概可以看作是政治家的一種智慧吧。

小人不好惹 小三更難纏

小三滿天下 古代納妾之謎

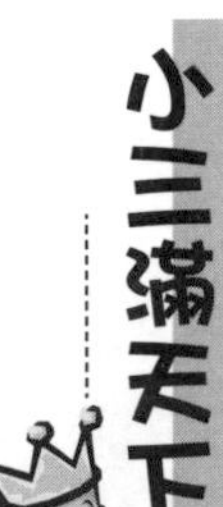

妾，是指中國舊社會中的小妻，亦稱為側室、偏房。《穀梁傳‧僖公九年》中曰：「毋以妾為妻。」在中國封建社會中，男權唯上，可以娶妾無數，而女子卻要「在家從父，在嫁從夫」。而後民國成立後，憲法才明確了一夫一妻制，倡男女平等。

在中國的漢朝，有一個頗受漢武帝信賴的官吏，名叫東方朔，東方朔才思敏捷，能言善辯，被漢武帝倚為重臣，不久便由侍中郎疾升為博士、待詔金馬門等要職，而且經常領到漢武帝的賜銀。有一天，漢武帝命東方朔陪自己吃飯，並當宴賜給他美食佳餚，東方朔謝過皇恩之後，並沒有食用，而是揣在懷中，要告退回家。

漢武帝頗為不悅，其他陪著皇帝吃飯的大臣們也紛紛譴責東方朔有失禮儀，而東方朔卻坦然一笑，道：「陛下，臣是想用這些美味再去娶幾個侍妾回來。」漢武帝素知東方朔詼諧有趣，便笑問：「你一共有多少妻妾呀？」東方朔搖搖頭：「妻僅一個，妾卻無法計算。」漢武帝納悶地問：「莫非你也要當皇帝不成？」東方朔道：「臣不敢，臣只是每個妾娶回家只留一年，而後再尋新人，如此而已。」漢武帝大笑不止，揮手命東方朔退下了。

從上面這個故事中我們可以看出，納妾現象在中國古代是頗為常見的，就像人們要吃飯睡覺一樣，納妾被人們視為極為正常的、普通的，而且也極為普遍的一種現象。生活在那個時期的男人，只要你有能力，只要你有足夠的財產，便可以隨心所欲地把無數個女人娶進家門，如果日子久了，看不上這些小妾了，還可以一張休書把女人趕出家門，再娶新歡。而生活在那個時期的女人，卻必須要恪守「在家從父，出嫁從夫」的古訓，惟丈夫是從，不許違逆丈夫一絲一毫。

中國古代的納妾制度，就是典型的一夫多妻制。是一個丈夫娶若干妻子一起生活。特點是夫妻之間不平等，妻妾之間也不平等，妾往往處於家庭的最底層。在《釋名》中有對妾的解釋：「妾，接也，以賤見接幸也。」妾也被稱之為「次妻」、「旁妻」、「副妻」、「側室」、「外室」、「小妻」、「小婦」等。在民間還將妾稱之為：「小老婆」、「姨太太」。

中國古代的納妾制度起源很早，是隨著原始社會的夫權制的產生而出現的。如我國的大汶口文化（前四三〇〇～前二五〇〇）就出現了丈夫與妻妾合葬的現象。

中國有句古話：「三宮、六院、七十二妃。」說的就是中國皇帝的納妾現象。傳說周文王就有后妃廿四人。秦始皇滅六國後，曾將原六國宮中與各地挑選出來的佳麗上千人，全部收入阿房宮中。到了漢朝，漢元帝寵幸三千，東漢桓帝蓄美五千。難怪一代美女王昭君進宮三年亦無人得識。到了晉炎帝時，後宮美女竟然超過了一萬。隋煬帝的後宮雖然只有五千人，加上各地的行宮，宮女人數也超過一萬。最高紀錄的保持者還要數唐明皇李隆基，當時從都城皇宮到各地行宮的宮女人數竟達四萬之眾，一年只有三百六十五天，一個人活上一百歲，生命也只能有三萬六千五百天。這四萬宮女即使累死李隆基，也不可能全部寵幸一遍。

宋代以後，帝王們的後宮妃妾開始減少，再也沒有一個帝王挑戰「萬人」的紀錄。這並非說明帝王們不再好色，而是他們較以前的帝王們更務實了。據紀曉嵐記載：明代熹宗在天啟元年派人到天下各地選拔了五千名年少美女進京面試，第一關為檢驗形體，只有一千人過關，有四千名佳麗被淘汰，第二關檢驗「私處」，結果只有三百人過關，第三關進宮「實習」，一個月後，只有五十人被封妃嬪。方能得到皇帝的寵幸。到了民國時，納妾之風依然存在，袁世凱不僅一人擁有妻妾十六人，這其中還有姐妹和姑侄。

除了帝王廣納天下美色之外，中國古代的民間也是納妾成風。如《紅樓夢》中的平兒、香菱都屬於小妾。就連以剛正不阿著稱的海瑞，也在年過花甲之時，買了兩個年輕的小妾，以致妻妾爭寵，導致兩妾同時自殺。

「舉杯邀明月，低頭思故鄉。」這樣的佳句已是我們耳熟能詳的，唐代大詩人李白也是一位一夫多妻制度的「執行」者。李白性情豪放，風流倜儻，瀟脫不群，酒色二品最為鍾情，據考證，李白不僅娶妻四次，而且小妾多得難以計算。李白也在自己的詩句中充分表露過，如「余亦如流萍，隨波樂休明。自有兩少妾，雙騎駿馬行」等。

清末紅頂商人胡雪巖更是「大紅燈籠高高掛」——妻妾成群。

在明代的法律上還明文規定：凡男子年滿四十而無後嗣者，得納妾。這是因為中國有所謂的「不孝有三，無後為大」的古訓，娶上幾個小老婆，都是為了給祖宗延續香火。這也給中國古代男子納妾找到了一個很好的注腳，使納妾變成了一種堂而皇之的行為。難怪當大清軍隊兵臨揚州城下時，大將軍史可法的夫人還極力勸說丈夫臨陣納妾，以免因膝下無子，斷了史家的香火。在史夫人的大義凜然被天下傳為美談的同時，更助長了男人們納妾的合理性。

當然，納妾現象只是體現在富裕人家及官宦人家的，貧苦百姓一日三餐尚無著落，又何談三妻四妾、「雙騎駿馬行」呢？在封建統治時代，一邊是「朱門酒肉臭」，妻妾成群，而另一邊則是「路有凍死骨」，一生無力娶妻，孤獨而亡。說到底，納妾制度是君主專制制度的附庸品而已。在我們今天看來，納妾制度是極不公平的，是對女性極為殘酷的，是不人道的，是用無數女性的血淚寫就的。但是，自納妾制形成以來，卻盛行數千年，根深蒂固，綿延不絕，這又是為什麼呢？

從根本而言，納妾制其實是一種原始社會形態，在很久很久以前，男人出門狩獵，女人在家駐守，獵到食物後，要先讓男人吃飽，剩下的女人才可以吃。君主專制制度的產生則令納妾現象更為制度化、普遍化，皇帝可以有三宮六院、七十二嬪妃，百姓也可以三妻四妾。夫權統治是封建社會的相應產物和特徵，納妾制度正是符合了封建帝王專制的需要，才得以延續下來，直至民國成立，納妾制度才被廢除。

是奸臣還是間諜？——秦檜「忠奸」之謎

秦檜（一〇九〇～一一五五），字會之，江寧（今南京）人，政和進士，南宋投降派代表人物。曾任御史中丞，深受宋高宗寵信。其在金兵入侵中原後，一味求和，殺害民族英雄岳飛，貶逐張浚、趙鼎等忠臣。是民眾極為痛恨的奸臣。

南宋權臣秦檜是最著名的漢奸和賣國賊。他對金朝奴顏婢膝，賣國求榮，對抗金將領殘酷陷害。由於他的所作所為太過卑劣，使很多人懷疑他是金人安插在宋朝內部的大內奸，而這一懷疑，並非沒有道理，原因就在於他神秘莫測的南歸。

秦檜原是徽宗朝的御史中丞，在「靖康之難」中與徽、欽二宗一起被金人擄往北地。據說，秦檜與宋徽宗被金人擄至燕山後，曾幫助徽宗周旋在金人之間，並以重金賄賂金人，於是獲得金人歡心，成為金主之弟的心腹親信。建炎四年（一一三〇），金兵南征，令秦檜同行，秦檜擔心夫人王氏不被允許隨行，還精心設計了一場夫妻爭吵。只聽王氏罵秦檜道：

「我父親在我出嫁的時候準備了二十萬貫做嫁妝，好讓我與你同甘苦。現在大金國重用你了，你有福了，就想把我半路拋棄不管了？」

她反覆的哭訴果然有效，有人將此話傳告於金國最高層，秦檜夫婦被批准同行。

當金兵攻破楚州後，看到花花世界，心花怒放，一心搶劫財物，也沒有佈置很多人手在兵營，秦檜乘亂登舟而去。途中被宋朝的巡邏兵捕獲，秦檜急忙自我介紹：「我是御史中丞秦檜啊，快去報告你家長官。」可是那些兵士都是粗人，誰也不認識他，愣是把他作為金軍奸細，拷問凌辱了一番。秦檜大叫：這兒有讀書人嗎，讀書人該知我姓名。恰巧有個賣酒的秀才王安道在附近，被喚來辨認。這王安道其實並不認識秦檜，卻恭恭敬敬地一揖到地：「中丞辛苦了。」這下眾人信以為真，就將秦檜放行了。

關於這段經歷，秦檜自己是怎麼描述的呢？他說，自己原打算深夜騎馬出逃，不料金人四處設有埋伏，才臨時決定乘舟而逃。回歸途中遇到歹人謀財害命，幸而他識破陰謀，方得脫身。

秦檜對南歸的解釋是很令人起疑的。首先，秦檜與何㮚、張叔夜等官員一同被金人拘捕，為什麼惟獨他能逃歸？以他的身手，絕對不會輕鬆逃脫的。而且，從燕山到楚州路途長達二千五百里，楚州到京城又有千里之遙，這其中金兵設有多少道堅固的防線，怎麼能讓他如入無人之境？即便金人只令秦檜隨軍，也會讓其妻子為人質，怎麼可能讓他夫婦同行，那不是太方便他們出逃了嗎？還有，既然有人想圖財害命，想必隨身之物相當貴重，這哪會是倉猝出逃？

當時南宋朝廷中人對秦檜的生還多表示懷疑，議論紛紛。雖然疑點是很多的，但又沒有確鑿的證據，最後大家也就沒有深究。時任宰相的范伊宗與秦檜交情還算好，便竭力向高宗推薦這位後來斷送抗金事業、誣陷忠良的劊子手。秦檜向宋高宗提出了「如欲天下無事，須是南自南，北自北」，也就是南北議和，彼此相安無事的主張。秦檜的主張與宋高宗的想法一拍即合，高宗便稱讚秦檜「樸忠過人」，是個人才。這個善於拍馬鑽營的「人才」很快被任命為禮部尚書。過了不久，又提升為宰相。南歸後，秦檜在官場上甚為得意，真是一路扶搖直上，此原因無他，主要就是高宗希望他能做議和偷安的得力幫手。

秦檜的南歸實有可疑之處，再加上他專權後力主議和，提出「南自南，北自北」的主張，簽訂了喪權辱國的紹興和議，向金納幣稱臣，完全不顧國家、民族的利益。從這些事情來看，秦檜有可能是金人放歸做內奸的。此說雖能言之成理，卻沒有充分的實證，因此，秦檜出人意料的南歸仍是一個不解之謎。

小李子的下場——李蓮英之謎

慈禧太后身邊最有名的寵臣，應該算是太監李蓮英了。他是同治、光緒兩朝的太監大總管，權勢炙手可熱，甚至後宮寵妃也不得不敬他三分。有關他的民間傳說頗多，有的講到他死於非命，但是歷史記載中卻沒有提到。李蓮英的屍體葬於何處，人們一直不得而知，但有關的說法有很多，比如北京永定門外大紅門，清東陵慈禧陵墓的旁邊，北京海淀等地方都有人提及。但是究竟在哪裡，五十多年來，人們不得而知。

一九六六年，曾經在北京市海淀區六一學校任教的趙廣志，被打成「牛鬼蛇神」，他與該校校長一起進入勞改隊監督勞動，並被強迫挖掘坐落在學校內的李蓮英墓。趙廣志一干人等費盡心力，終於將墓挖開，令人驚訝的是，原來這是真正的李蓮英墓。墓中除了李的一顆頭顱和大量陪葬珍寶外，其餘屍骸一無所存。很明顯，李蓮英死的時候身首異處。

那麼，究竟李蓮英是怎麼死的呢？《清稗類鈔・閹寺類》裡有記載說，李蓮英在「孝欽后（即慈禧太后）殂後，不意又為隆裕后所庇」，「迨其病卒」，隆裕后「特賞銀兩千兩」。李蓮英的後裔更明白說：「我祖父是善終。享年六十四歲。」又說，「我祖父因得急性痢疾，醫治無效而病故。由得病到壽終僅僅四天的時間。」一連記載李蓮英生平的《李蓮英墓葬碑文》裡，也說李蓮英「退居之時，年已衰老。公殞於宣統三年二月初四日」。李蓮英是「病死於宣統年間」的說法流傳很廣，以前很少有人表示懷疑，但是李蓮英墓葬的發現，無可辯駁地說明李蓮英是死於非命的。

佟洵在《近代京華史跡》一書中有一篇文章提到了李蓮英，文中就指出，李蓮英雖然是死於衰老之年，但卻是被人暗中割下了腦袋的，其結局是不得善終。這篇文章的根據，就是北京六一學校中挖出來的墓葬。佟洵指出，在趙廣志等挖掘之前，李蓮英墓穴的的石牆、石門、寶頂等都完好無損，沒有被人挖掘過的痕跡，根據趙廣志的說法，李蓮英棺槨開啟時「看見『一個人』蓋著被子在那兒躺著，被子平平展展，沒有被人翻過的一點痕跡」。這裡的「一個人」不是一具完整的屍骸，而是一個用衣服裝殮的「人形」。

另外，當時趙廣志等人還從李蓮英墓中取出了鑽石帽子、花寶石鑲鑽石戒指、鎮棺珠等等五十餘件珍寶。這些情況證明李蓮英的墓葬並沒有被盜過，那麼就是說他的墓中存有一顆頭顱。

佟洵又指出，李蓮英從一九一一年入葬到一九六六年挖墓，時間間隔僅僅為五十五年，既然頭顱是完好無損的，其餘的軀幹骨骸也不可能全部化為烏有。所以，屍身腐爛的情況是完全可以排除的，這樣一來，人們自然關注起李蓮英的死因來。

這件事沒有官方記載，但是民間卻有李蓮英被砍頭的傳說。原來曾為李蓮英的三弟李寶泰看墓的何氏後裔講：「李蓮英不是善終」、「李蓮英被人暗殺於河北、山東交界之處」的傳說也在恩濟莊一帶流傳。還有「李蓮英是因為討債被人暗殺」等等一些傳說。這些傳說當然不能作為判定李蓮英死因的憑據，但是也為這個問題提供了一些線索。

據李蓮英的後裔講，李蓮英在生前常說「財大禍也大」。這可以表明，在他生前似乎就已經有了不祥的預感，認為可能自己的巨額財產會給自己帶來禍患。《清朝野史大觀》裡有一段記載說，在李蓮英死後，「群閹瞰其私蓄累累，籌思篡取，各遣心腹，四出調查，聞除大城原籍，及各銀號金店存款外，其儲於宮內者，尚有現銀三百餘萬之多。因共謀瓜分，較量錙銖，遽起爭鬥。小德張大受夷傷，面奏隆裕太后，交內務府大臣查辦。」這說明在李蓮英死後，眾太監曾因圖謀他的財產而發生過爭鬥。

李蓮英生前斂財無度，雖然積累了億萬家財，但是由於他這些錢財的來路骯髒無比，再加上他與慈禧太后狼狽為奸，壞事做盡，結下了太多的仇家。慈禧一死，他靠山頓失，不久就遭了別人的暗算。他的子侄雖然知道他是為人所殺，但也只能尋回他的頭顱。因為不知道兇手是誰，無從查起，為了他的名聲起見，只好將他的人頭暗中收殮了事。同樣的，《李蓮英墓葬碑文》中關於李蓮英之死的措詞含糊不清，自然也是為了保全李蓮英的名聲。

顏儀民在《李蓮英身首異處之謎》（《縱橫》雜誌一九九〇年第二期）一文中披露了埋藏在心底六十多年的線索。他說，慈禧一死，李蓮英就出宮，由御賜的位於北長街的住宅搬至自購的位於護國寺棉花胡同的一所住宅內，閉門不出，謝絕一切來訪者。此時宣統登基，光緒遺孀隆裕太后垂簾聽政。小德張面奏太后下手諭，命清宮內務府查辦李蓮英。李蓮英聽到消息後膽戰心驚，趕緊派管家秘密到南池子南灣子迪威上將軍江朝宗府上求救。

江朝宗是清末第一號實權派人物袁世凱的親信。慈禧在世時，李蓮英和江朝宗互相利用，兩人交情可謂不淺。在此緊急情況下，李蓮英把家裡的財寶源源不斷送到江府。果然錢能通神，江朝宗把小德張召來，叫他轉告隆裕太后，對李蓮英手下留情。迫於袁世凱的勢力，隆裕太后只好放鬆對李的追查。小德張見此情形，為了與李蓮英抗衡，也把珍寶源源送入江府，而江朝宗則來者不拒。和李蓮英相比，小德張正年輕有為，又是隆裕親信，所以江朝宗也樂於和他交往。

顏儀民還說他經常聽到江朝宗談及李蓮英和小德張的事情，但是從來不談李蓮英被殺的原因和經過。有一次聽到江朝宗的兒子江寶倉透露：「小德張是李蓮英的死敵。有一天，老爺子（指江朝宗）下請帖請李蓮英在什剎海會賢堂吃晚飯，一向不出門的李蓮英準時到了會賢堂，他萬分感謝老爺子救了他一家。席散之後，李蓮英路經後海遇到土匪被暗殺了。在後海河沿，只找到了李蓮英的人頭。」除此之外，江寶倉還談到李蓮英死後的一些情況，只是避而不談與他父親的關係。作者說：「李蓮英之死，我不敢武斷地說是江朝宗和小德張所為，但江朝宗、小德張了解內情卻是真實可信的。」

現在人們已經知道了李蓮英死無全屍，不得善終。不管他的死因究竟如何，身首異處的結局也許是對他為虎作倀的最好注釋。

不能自控的人生

潘金蓮之謎

潘金蓮是中國古代小說《水滸傳》及《金瓶梅》中的女姓人物。在這兩部文學作品中，其被描繪成了勾結奸夫殺夫的邪惡蕩婦形象，以被武松殺死作為結局。在這個人物身上，表現了作者對當時道德淪喪、奸邪橫行的社會現象的憎惡情感。

在《水滸傳》中，潘金蓮是人們憎惡的淫婦形象。書中寫潘金蓮原是清河縣大戶人家的使女，因為不肯依從男主人的調戲而向女主人告狀。男主人懷恨在心，把她嫁給一個面目醜陋、身材短矮、頭腦可笑的、比她大十幾歲的武大郎。這種不相稱的強迫結合，當然談不上婚後的幸福。武大郎在清河縣因一班無賴子弟糾纏其妻，不得已只好遷到陽谷縣居住。

武大郎在陽谷縣遇到打虎的兄弟武松，把武松領到家中。潘金蓮第一次見到儀表堂堂的小叔子，便產生了愛慕之心。武松是一個傳統思想很重的人，潘金蓮沒有達到目的。武松出差以後，她經不住老奸巨猾的王婆和有錢有勢、奸詐刁鑽的西門慶的引誘，落入他們的圈套，毒死了自己的丈夫。武松出差回來，弄清了事實真相後，殺了潘金蓮和西門慶為兄報仇。

潘金蓮是從《水滸傳》裡借來的一名女性形象。到《金瓶梅》裡，她躲得快，西門慶逃得早，有錢能使鬼推磨，武松反而流放孟州道。由此，她作為西門慶的第五房妾，又快活了四年半。及至西門慶一死，她與陳經濟姦情敗露，被月娘託王婆告發，才被流放歸來的武松一刀結果。

在《金瓶梅》中，與她發生性關係的男子有六個，從這一點上，似乎就可以將她定性為「淫婦」，但是這樣簡單地下結論是不是有失公允呢？要弄清楚這個問題，我們應該了解潘金蓮是在什麼情況下與這些男人有染的。

潘金蓮的淫亂，不是生理變態，與家貧為婢、雙重身分、丈夫醜陋、男性勾引、情人背叛、妻妾爭寵、走投無路等因素相關。與張大戶有染，這不怪潘金蓮，她是受害者。與武大，則是夫妻之合，儘管這是由外力撮合的、不般配的，與西門慶、與琴童、與陳經濟、與王潮兒等，均染著不同色彩的罪惡。比如勾搭西門慶而殺夫，而迫害武松，這便超出了淫亂的範疇。倘只指責其「淫」，似乎減輕了她的罪過。與琴童之交，亂了主僕之序；與陳經濟之合，亂了人倫之道；與王潮兒之混，亂了主客之界；這些均屬淫亂範圍。從這裡我們便可以斷定：潘金蓮的淫亂是社會扭曲的結果。

從潘金蓮的身世來看，她也是一名值得同情的受害者。潘金蓮之父是裁縫，「做娘的因度日不過，從九歲賣在王招宣府裡」。在不幸之中，追求滿意的男女情愛，似乎也合乎人性和道德。但她走過了頭，為愛而殺人，由被害者成了害人者。即使人性發生了質變以後，潘金蓮都沒有擺脫不幸。西門慶的忘情背叛，吳月娘的正妻尊崇，鉗制著她的自由，鬥氣使性之後，還要跪拜謝罪。在妾與妾的爭風吃醋，她孤軍對孫雪娥、李嬌兒的聯盟，還要對付李瓶兒的金錢優勢與生子尊貴。此外，她的婢女也威脅著她的地位。潘金蓮雖然罵宋惠蓮，打如意兒，咒王六兒，但這些佣婦確確在她的眼皮底下與西門慶構成了床上夫妻，她如何能夠忍受？直到被武松騙殺，才結束其不幸生活。縱觀潘金蓮一生，她何曾一日揚眉吐氣地生活過？哪怕一日當過自家的主人？可以說，潘金蓮的命運是專制制度下女性的一個悲劇縮影。

小人囂張當道
賈似道得寵三朝之謎

賈似道（一二一三～一二七五），字師憲，南宋末年台州（今浙江）人，宋理宗寵妃賈貴妃之弟。曾官至京湖安撫大臣、右丞相，後封太師、平章軍國重職。其荒淫無能，憑姐而累官擅權，因私與忽必烈議和，被視為漢奸。德祐元年（一二七五）元軍東下，其大敗後被革職，在放逐途中被監送人殺死。

賈似道從小不務正業，浪蕩不羈，是個遊手好閒、講究玩樂的公子哥。因其姐被選為理宗趙昀的貴妃，他成了「國舅」，於是身價陡增，被理宗任命為負責京湖地區邊防事務的官員，以後又不斷加官晉爵，直升至右丞相兼樞密使。宋蒙戰爭再度爆發後，他成了江淮一帶宋軍的最高統帥。全面指揮前線軍務。賈似道既不諳軍事謀略，又無領兵殺敵的經驗，充其量不過是一介儒生，面對剽悍驍勇的蒙古騎兵，他膽顫心驚，畏敵如虎，壓根兒就沒敢想與敵人血戰沙場，決一雌雄，更談不到擊潰強敵，收復失地了。

西元一二五九年十二月，賈似道懾於忽必烈大軍的兇猛攻勢，私自派使臣到忽必烈軍營求和。這時，蒙哥汗剛死，蒙古諸宗王正策劃擁立阿里不哥為汗，忽必烈聞訊，正欲急速撤兵回漠北爭汗位，因此，允許了賈似道的議和請求，以長江為界，宋朝每年送蒙古銀二十萬兩，絹二十萬匹。賈似道見蒙軍退走，大喜過望，不但隱瞞了他私自求降的事實，還謊報宋軍諸路大捷，昏庸的理宗信以為真，立即加封他為輔佐國君的少師、衛國公。靠著虛假的軍功，賈似道變成保國之英雄，回京執掌了朝政。從此，他排斥了左相吳潛、宦官董宋臣等，內外權柄，悉歸他一人之手。他再也無所顧忌，便為所欲為起來。

西元一二六四年，理宗病死，賈似道擁立太子趙禥作皇帝，是為度宗。度宗本來就荒淫無能，稱帝後稱賈似道為「老師」。度宗的天下實際上姓「賈」了。賈似道稍有不快，便裝病告老相要脅，每次都把度宗嚇得心驚膽戰，生怕失去了這個幫手，自己不得逍遙。就在前方將士浴血奮戰，抵禦強敵的時候，賈似道卻長期住在葛嶺，遙控朝中的爪牙把持朝政，自己則大興土木，建造亭臺樓閣，從宮中、民間，甚至妓院去弄來美女供其淫樂。他還在府內建「多寶閣」，到處攫取寶物，閣內寶物遠遠超過皇宮所有。

咸淳九年，蒙古攻打襄陽日緊，同時虎視眈眈地窺視下游，南宋處於生死存亡關頭。賈似道為平民憤，故作姿態，要求上前線指揮救襄陽，暗地裏他卻指使人上書，讓度宗留住他保衛京城。度宗怕賈似道走，自己失去主心骨，便下詔留他，另派呂文煥前去。呂文煥原來是賈似道的爪牙，三天兩天向臨安謊報大捷，不久，他竟將襄陽拱手授敵。蒙古兵勢如破竹，順江南下，南宋已不可挽救了。

咸淳十年七月，度宗病死，賈似道又擁立四歲的趙顯作皇帝。九月間，登基稱帝的元世祖忽必烈命元軍統帥伯顏率二十萬大軍，水陸並進，消滅南宋。宋軍節節敗退。元兵佔領鄂州後，京師太學生集體上書，呼籲「師臣」親征，賈似道不得已，在臨安開建都督府，但他害怕敵軍，不敢出兵。後來聽說敵軍主帥病死，才請求出征。他抽調各路精兵十三萬，用船載著無數金銀輜重，甚至帶著妓妾，船隻浩浩蕩蕩，綿延百里。途中，他們派人與元軍講和，求元軍撤退，但伯顏不予理睬。結果，魯港一戰，宋軍大敗，賈似道所帶軍資器械全成了敵軍的戰利品。南宋的精銳部隊喪失殆盡，賈似道乘快船逃到揚州。

七月，太學生及台諫侍從官紛紛上書請殺賈似道，由於謝太后的偏袒，只將其貶為高州團練使，派人監押到循州安置，並抄沒了他在臨安和台州的家產。

賈似道獨斷三朝，迫害宗室，福王與芮對他恨之入骨，趁機讓紹興府縣尉鄭虎臣做監押官，命他在途中除奸。鄭虎臣本與賈似道有宿仇，正好借機報復，和與芮一拍即合。

上路時，賈似道身邊除帶有大批行李和家屬外，還帶了數十名侍妾和許多珍寶。鄭虎臣一到建寧，便除去了他的眾多侍妾，沒收了他的珍寶。押運途中，鄭虎臣又撤去了賈似道乘轎的頂蓋，讓他挨曬，還讓轎夫唱著嘲罵他的小曲給他聽。到了南劍州黯淡灘時，鄭虎臣又出語暗示賈似道自殺，他卻不想死。

九月，到了漳州，賈似道自知難逃一死，就賴在當地三天不走，後來在押送官的催促下，只走到離漳州城南五里的木綿庵，說什麼也不往前行了。他想著自己一生罪惡多端，民怨沸騰，不如早死為快，於是吞下了大量冰片。誰知服食超量，泄瀉不止，並未立刻死去。鄭虎臣一看，躊躇再三。讓他這樣死去真是於心不甘，若親手殺他，按當朝刑律，殺死朝廷命官，自己也難免一死。最後，他終於下定決心，「我為天下人殺賈似道，雖死何憾！」於是，鄭虎臣走進廁所，抱住賈似道的前胸，提起他的身子，狠狠地向地上摔去。賈似道頓時頭破血流，拚命哀嚎，鄭虎臣見他不死，又狠命連摔幾次。直摔得賈似道口吐鮮血，兩眼翻白，一命嗚呼。

三朝奸相，一朝橫死，總算解了人們的心頭之恨。

賈似道提倡以強硬的手段阻止富人囤積穀物，故提倡公田法，由一二六三年至一二七五年，共計十二年。

賈似道曾著有《促織經》，是世界上第一部研究蟋蟀的專著。《促織經》共二卷，分論賦、論形、論色、決勝、論養、論斗、論病等，對蟋蟀進行了詳盡的論述。

除此之外，賈似道也是一個藝術鑑賞家和文學家，曾令人臨摹王羲之的《蘭亭序》。

駕羊車臨幸的君王

三千宮黛爭寵之謎

晉武帝（二三六～二九〇）司馬炎，晉朝的建立者。咸熙二年（二六五）即父司馬昭之位為晉王，後代魏稱帝。於十五年後滅吳，統一全國。在位期間，慫恿皇室高官不納稅、衣食客，生活荒淫無度，不理政務。其死後不久，全國陷入四分五裂的混戰局面。

晉武帝司馬炎，是司馬昭之子。咸熙二年（西元二六五），自立為帝，國號晉史稱西晉。他滅掉東吳後，重新統一了全國。但他在位期間，實行占田制，大力加強門閥制度，大封宗室，允許諸王自選長吏和按等置軍，為其後的「八王之亂」埋下了禍根。他還貪財好色，荒淫腐化。

泰始九年，他下了一道詔書，命公卿以下大臣凡家有婚齡少女者，都得入宮聽選，在此之前不得出嫁。次年，又把選女的範圍擴大到京城內外的富商和軍中將吏。尤其荒唐的是，在選美期間，他竟下令禁絕天下婚姻。選美這天，他兩眼盯著幾十個濃妝豔抹的大家閨秀，貪婪的眼光在這些少女身上溜來溜去，一口氣選中了十幾個人。其中有個鎮軍將軍胡備的女兒胡芳，丰姿綽約，儀態中有股英武之氣，令他愛不釋手，第二天便冊封其為貴嬪，一切服飾僅次於皇后。自此朝夕相伴，格外寵愛。

皇后楊豔見武帝只把心思花在胡芳身上，妒火中燒，抑鬱成疾，竟臥床不起。臨死前要求武帝把她的表妹楊芷選入宮中代替她。武帝本是個好色之人，當即答允，楊芷入宮後，以其青春妙齡，如花似玉的容貌，一下子打動了武帝的淫心，當即將她冊封為皇后，並將楊芷的父親楊駿升為車騎將軍，把楊芷的叔叔楊珧、楊濟都封了高官。楊氏一門成了權勢重大的皇親國戚，他則整日與年輕的新皇后飲酒作樂。

滅掉東吳後，他封歸降的吳主孫皓為歸命侯，對原來東吳的大臣也一一錄用。對滅吳有功人員，更大加封賞。這時的他，更加忘乎所以，過起了花天酒地的生活。

於是他又下了一道詔書，令五千吳女入宮，供其淫樂。這些原本來自孫皓宮中的少女，個個出生在江南水鄉，明眸皓齒，雪膚花貌，說話悄聲細語，舉止婀娜多姿。武帝喜不自勝，整天在宮中遊逸，把朝政大事早已拋到九霄雲外去了。這時，宮中美女已達萬人以上。若挨個臨幸，就是一天一人，也得好幾十年呢。因此，一班專會阿諛奉承的貼身佞臣，為武帝出了個怪誕的點子，讓他乘坐一輛羊拉的華麗宮車，在宮中隨便閒逛。羊停在哪裡，武帝便在哪裡下車，那兒的宮女便有幸成為皇上的縱欲對象。焚香沐浴，與武帝廝混。

宮女們為了爭寵，則絞盡腦汁，設法讓羊車停在自己這裏。有那出身農家的乖巧宮女，知道羊愛吃帶鹹味的竹葉，就專門折了一些又嫩又細的竹枝，灑上鹽水，插在居室門前，果然招引得羊車停了下來，該女得到寵幸。別的宮女無論怎樣喬妝打扮，怎樣擺手呼羊，羊車就是不停，遂悄悄打探羊停而不走的秘密，終於發現了其中的奧妙，於是紛紛如法炮製，個個門前竹枝搖曳，鹽味撲鼻。結果，羊車在這兒剛剛停過，又在那裏住腳，直急得武帝一會兒在這有人投懷，一會兒在那有人送抱，天天如騰雲駕霧一般，應接不暇。

皇帝荒淫無度，群臣也起而效尤，各種腐化奢侈的怪事便層出不窮了。武帝的舅舅後將軍王愷與散騎常侍石崇二人竟鬥起富來。先是這家用糖水刷鍋，那家用蠟燭代柴；這家用赤石脂塗屋，那家用花椒粉和泥抹牆；這家出遊設四十里紫絲布步障，那家則做五十里長的錦緞步障。後來兩人鬥紅了眼睛，王愷竟把一株價值連城的珊瑚樹拿了出來比富，可是石崇不屑一顧，順手抓起把鐵如意來，一揮手把珊瑚樹打得粉碎。然後一擺手，竟從內室抬出許多珊瑚樹來，其中比王愷那棵價錢還高的就有六七株之多，一下子把王愷驚得目瞪口呆。當時像石、王二人這樣揮霍的大臣不在少數。晉武帝作為西晉的開國之君，竟給他的子孫開了這麼個頭，真是令世人貽笑大方。

司馬炎終因沉溺酒色，五十五歲便一命歸陰，到陰曹地府享樂去了。

東廠不只一位 「錦衣衛」之謎

錦衣衛，官署名，全稱為錦衣親軍都指揮使司，明洪武十五年（一三八二）置。初為護衛皇宮的親軍，後由朱元璋特令兼管刑獄，直接取旨行事，用刑慘烈嚴酷。明朝中葉後與東西廠並列，權力極大，成為廠衛並稱的特務組織。

明太祖朱元璋戎馬征戰十幾年，終於建立了大明政權。但是，他總不放心那些幫助他開國的功臣，於是他設立了一個叫作「錦衣衛」的特務機構，專門監視、偵察大臣的活動。錦衣衛，原為護衛皇宮的親軍，掌管皇帝出行儀式。後來，朱元璋令其兼管刑獄，賦予巡察、緝捕權力，並任命心腹大臣和外戚為指揮使。下設同知、僉事、鎮撫司鎮撫等官，其下有官校，專司偵察。大臣在外面或者家裡有什麼動靜，他們都會打聽得一清二楚。誰被發現有什麼嫌疑，就會被打進牢獄，甚至殺頭。朱元璋在位的三十多年間，特務多如牛毛，遍布街坊路途，嚴密監視著朝野內外、文武官員的活動。人們防不勝防，整天都提心吊膽地過日子。

吏部尚書吳琳告老還鄉，朱元璋派特務到其家暗訪。見一老人似農民模樣，上前問道：「這裡有個吳尚書嗎？」老人答道：「吳琳便是。」朱元璋聽了報告，才算放了心。

太子的老師宋濂，為人小心謹慎，但是朱元璋對他也不放心，暗中處處監視。一天，宋濂在家裡宴請友人。第二天上朝，朱元璋就盤問他請了哪些人？備了哪些菜？宋濂均照實回答。朱元璋點頭表示滿意。原來，頭一天錦衣衛的人早已監視宋濂的活動了。後來，朱元璋稱讚他說：「宋濂侍候我十九年，從沒說過一句謊言，也沒說過別人一句壞話，真是個賢人啊！」，可是胡惟庸案發生後，宋濂的孫子宋慎被人揭發是胡黨，朱元璋遂派錦衣衛把已經告老還鄉的宋濂從金華老家抓到京城，要把他處死。幸虧馬皇后說情，才下令赦免其死罪，改罰充軍到四川茂州，七十多歲的宋濂禁不起這場驚怕，再加上路上勞累，走到半路就病死了。

過了十年，又有人告發功臣太師李善長，說他當年和胡惟庸關係密切，卻明知其謀反而不檢舉揭發，採取觀望態度，犯了大逆不道的罪。結果，七十七歲的李善長及其全家七十多口全部處死。連朱元璋親自賜給他的兩道免死鐵券也沒幫上忙。接著，朱元璋又一次追查胡黨，處死了文武官員及其親屬一萬五千多人。

過了三年，錦衣衛又告發涼國公藍玉謀反，說他和曹震等計劃在朱元璋外出打獵的時候乘機劫駕。朱元璋得此信，即命錦衣衛發兵逮捕。藍玉是開國功臣常遇春的妻弟，是洪武後期的主要將領。他手下有驍將十幾人，威望都很高。藍玉作戰非常勇敢，立下赫赫戰功。但他自恃功高，驕橫腐化，霸佔良田，販鹽走私，私蓄奴婢，勒索百姓。朱元璋對他早已不滿，此番趁機將藍玉一幫統統緝拿殿前，朱元璋親自審訊，然後交由刑部酷打成案。藍玉被砍頭，其三族全被抄斬。

凡與藍玉有接觸的朝臣，列侯通籍，坐黨夷滅。此案先後誅殺一萬五千多人，把軍中功高位顯的元勛宿將幾乎一網打盡。

朱元璋不僅用錦衣衛控制人們的言行，還大興文字獄控制人們的思想。因其出身貧苦，又當過和尚，所以很忌諱人們提他的出身經歷，怕人們指桑罵槐地譏諷他。他特別注意臣僚們的言辭奏章，刻意尋找是否有挖苦自己的地方。杭州府學教授徐一夔的《賀表》中有一句「光天之下，天生聖人，為世作則」的話，本來是在歌頌朱元璋，但朱元璋認為「光」是「禿」意，是在說他是個禿子，諷刺他當過和尚；又認為「則」音近「賊」，是罵他做過賊，當即下令將他處死。此類冤獄，不勝枚舉。

這樣一來，朝野文人開口怕錦衣衛，提筆怕文字獄，出現了人人自危的恐怖局面，朱元璋卻是高枕無憂了。

狗仔無處不在 古代間諜之謎

間諜，是指遣往它國或地區的人員，主要進行竊取、刺探、傳送機密情報及進行顛覆、破壞等活動。在中國古代文著《左傳》中，就曾有夏朝利用間諜戰勝敵軍的記載，這說明至少在夏時，中國已經產生了間諜。春秋末期，孫武更是在《孫子兵法》中對間諜做了詳細的闡述。

間諜，是國家情報機關派出或指使的人員。他們的活動一般包括竊取、刺探、傳送機密情報或顛覆、破壞的活動。在中國的歷史上，各朝的封建帝王都十分重視間諜的使用。他們投入了大量金錢，精選了各種人才，並設置了專門的訓練、管理機構，通過使用各種手段，為他們進行向外擴張或鞏固政權服務。

春秋末期的著名軍事、政治家孫武，在其著述的《孫子》兵法中闡述了間諜的作用和間諜的分類。他認為可以將間諜分為鄉間、內間、反間、死間、生間五種。這五種間諜方法都有它們各自奇妙的功用，是國君實現其政治目的的一大法寶。孫武還提出進行間諜活動要任用具有高智商的親信，如果高明的君主或者賢能的將軍可以做到這一點，一定會獲得成功的。他還強調要極端秘密地運用間諜手段，這可以說是最機密的事情了。那麼中國的間諜究竟起源於何時？

據《戰國策》記載，鄭武公在討伐胡族之前，通過利用敵方派來的間諜，麻痹了胡人，從而使他一舉襲擊胡族成功。故事內容大致是這樣的，鄭武公打算討伐胡族，首先讓他的兒子娶了胡族女子為妻。並且當著她的面故意問他的臣子說，我打算出兵了，我們應該討伐誰？大夫關思其建議討伐胡族。武公聽了之後大怒，下令處死關思其，並說道：我國與胡族是兄弟關係的國家，你說要討伐他們究竟是為什麼呢？胡君聽說了這件事，就把鄭國看成友邦國家而不加防備，這樣鄭國偷襲胡國獲得成功。

據說，西周的太公呂望，就曾為西周做過間諜。據《史記・齊太公世家》記載，博聞強記的呂望曾在殷朝做過官，他知道商王朝的許多機密，加上紂王這個昏君胡亂治理國家，所以到各諸侯那裏進行遊說，並率領他們歸順了周國。到了西伯那裏之後，他根據自己掌握的商朝情況和天下的形勢，提出各種有效的建議並制定了各種正確的決策，使商朝的諸侯、重臣叛變紂王，投歸西伯，有效地瓦解了殷王朝的統治基石。所以孫子在《孫子兵法》中認為，呂望在殷朝的間諜活動是造成殷商滅亡、西周興起的原因。

其實在呂望之前還有更早的間諜活動。《呂氏春秋・慎大覽》記載，商在滅夏前，曾經派間諜伊尹兩次去夏朝進行間諜活動。伊尹原來是有莘氏的媵臣，作為陪嫁的一名奴隸，隨著有莘氏的女兒嫁到湯家做廚子。一次偶然的機會使得他受到了湯的賞識，於是湯兩次派伊尹去夏王朝瞭解情況，進行間諜活動。

為了使伊尹不引起夏桀的懷疑，湯編羅了一些罪名給伊尹並由湯親自射伊尹，造成他負罪潛逃的表象。伊尹到夏後，一方面積極宣揚湯的仁德，消除夏王與湯之間的嫌隙；另一方面調查中原的地形，積極刺探夏的機密，並通過以重金收買夏朝重臣等手段，離間夏朝君臣之間以及夏王朝與各方國、部落的關係，並使一些有影響的臣子也在他的間諜活動下，背叛了夏國而投奔到商國來，等等做法都孤立了夏王，削弱了夏朝的實力，為商朝覆滅夏王朝的作戰創造了有利的條件。

更早的關於間諜的記載在《左傳》、《竹書紀年》中。據記載，夏朝少康時，為了攻打過、戈兩個方國，瞭解情況，查明地形，汝艾和季抒被派遣到了這兩個國家去進行間諜活動，收買重臣，為消滅兩國創造有利條件。

以上這些都可算中國早期的間諜史的傳說，雖然都有一定的古籍的記載，但是究竟哪一個是真正的歷史事實，我國使用間諜的鼻祖到底是什麼時候呢？這需要通過進一步的研究和查證才能得出結論的。

風流才子俏佳人

身輕如燕的舞神

趙飛燕受寵之謎

趙飛燕(?~前一),漢成帝皇后。能歌善舞,體態纖美,輕盈如燕,相傳其能在掌中起舞,故稱「飛燕」。成帝時入宮,為婕妤,後立為皇后。平帝即位後,被廢為庶人,自殺而亡。

趙飛燕,漢成帝劉驁的第二任皇后,她妖冶冷豔,舞技絕妙,與妹妹趙合德同封昭儀,受成帝專寵近十年,貴傾後宮。是何緣故使得她「集三千寵愛於一身」呢?

這得從趙飛燕的家庭談起。趙飛燕的父親趙臨是漢代宮府家奴,日子過得窮困潦倒。趙飛燕生下後,因無力撫養,父親將她扔到荒郊野外。趙臨晚上總是夢到嬰兒在哭,四天後去尋找,孩子竟沒死。趙臨又把她抱回家中勉強養活。趙飛燕因為家窮,很小就被賣到陽阿公主家做歌舞伎。趙飛燕天資聰明過人,練就迷人的歌喉和高超的舞技。

漢成帝有一次微服出行,來到陽阿公主家。公主召歌伎為成帝助興。趙飛燕勾人魂魄的眼神、清麗動人的歌喉、婀娜曼妙的舞姿,一下子傾倒了成帝。漢成帝將她帶回宮。趙飛燕使個欲擒故縱之計,一連拒絕成帝三夜召幸,激起成帝征服之心,夜夜臨幸,再也離不開她。

趙飛燕的秀麗姿容、輕盈身材和出眾舞技，都使她在後宮嬪妃中如鶴立雞群。她表演的一種舞步，手如拈花顫動，身形似風輕移，令成帝十分著迷。成帝為她舉行的舞技表演設在漢宮太液池中瀛洲高榭上。成帝以玉環擊節拍，馮無方吹笙伴奏。趙飛燕跳起《歸風送遠曲》。一陣風起，趙飛燕險些跌入池中，多虧馮無方抓住她的雲英水裙，才有驚無險。漢成帝又命宮女手托水晶盤，令飛燕盤上歌舞助興，趙飛燕的絕妙舞技，前無古人後無來者，給漢成帝帶來全新的視覺享受，成帝對她更加迷戀。

趙飛燕不僅漂亮，心思也非常縝密，為緊緊抓住成帝的心，她又把容貌更勝她一籌的妹妹趙合德，推薦給成帝，趙合德的美貌令成帝驚羨不已，合德的柔情更令成帝神魂顛倒，成帝一刻見不到趙氏姐妹，便心神不安。姐妹倆的話，成帝更是言聽計從。姐妹設計陷害許皇后，成帝就廢掉許后，冊立趙飛燕為后，趙合德為昭儀。趙氏姐妹掌握後宮生殺大權，不可一世。

趙氏姐妹雖得專寵，但從未懷孕，她們害怕別的嬪妃懷孕生子，威脅后位，就瘋狂地摧殘宮人，「生子者輒殺，墮胎無數」。當時，民間就流傳著「燕飛來，啄皇孫」的童謠。宮女曹宮生一男孩，竟被逼死，皇子也被扔出宮外。許美人生一子，趙合德哭鬧不已，逼迫成帝賜死母子。色迷心竅的漢成帝，年已不惑，膝下尤虛。為討好趙氏姐妹，竟兩次殺子，置江山社稷於不顧，成為「愛美人不愛江山」的古代版本。

趙氏姐妹何以不孕呢？原來她們為使膚色白皙嬌嫩，把一種藥丸塞入肚臍。這種藥丸確實功效顯著，用後膚如凝脂，肌香甜蜜，青春不老，撩人的香氣更令漢成帝不能自持，不施雲雨絕不罷手。姐妹倆把成帝死死迷住，成帝精力耗盡，就服補藥滿足淫樂。為取悅成帝，方士們爭獻丹藥。漢成帝起初服食一粒丹藥，即可精神亢奮臨幸美人，好似恢復了青春活力。漢成帝長期服用，不斷增加劑量，結果某次竟連服十丸丹藥淫樂，泄陽而亡。

成帝死於趙合德床上，朝野震動，群臣聲討趙氏禍水。趙合德自知難逃罪責，自殺而亡。

趙飛燕因為幫助漢成帝的侄兒劉欣即位，新帝感恩，仍舊尊她為皇太后。六年後，哀帝逝世，大司馬王莽以趙飛燕殺害皇子之罪，迫其自盡。風光一時、權傾一時的趙飛燕就這樣香銷玉殞了。趙飛燕從一個小小的歌舞伎，爬到皇后的寶座上，與她善於抓住機會，不擇手段迎合成帝的色心，有太多的關係。為討好成帝，她獻出妹妹合德；為引誘成帝淫心，她使用香肌藥丸；為鼓勵成帝縱欲，她積極搜羅春藥；她自己苦練歌舞技能，千方百計迷住成帝；又用盡心機陷害許皇后，終於得以母儀天下，三千專寵集一身。最後，落得個橫死的下場。

無數英雄競折腰

貂蟬風姿之謎

貂蟬，為小說《三國演義》中的人物。書中云其有傾城之姿，原為司徒王允家的歌妓，為了幫助王允為國除奸，自願獻出身體，用「連環計」離間董卓和呂布。最後借呂布之手，誅了董卓。

貂蟬是中國古代「四大美女」之一，貂蟬的美，素有「閉月」之稱，她善用自己的姿色周旋在各派政治人物之間，傾倒了眾多英雄豪傑，參與了許多重大的政治鬥爭，是一個舉足輕重的厲害角色。但是，這個美麗的女子是什麼來歷，至今還沒有弄清楚。

第一種說法是：貂蟬是王允家中的歌妓，是根據《三國演義》的描述。王允是漢獻帝時的司徒，因不滿於太師董卓的跋扈，一心想除之，但苦無良策，終日茶飯無心。他的心腹歌妓貂蟬窺知情由，表示「如有用妾之處，萬死不辭」。於是王允精心設計了個「連環美人計」，先將貂蟬許給董卓義子呂布，未及迎娶又獻於太師董卓，挑起董、呂兩人的矛盾。貂蟬對王允的意圖心領神會，一會兒在呂布面前扮成早已以心相許，卻被董卓霸佔的癡情人，一會兒又在董卓面前裝作受呂布調戲的無辜者，使董、呂彼此恨之入骨，終於反目成仇，最後呂布殺董卓，夷其三族。貂蟬的出色表演，使王允的計畫實施得天衣無縫，順利地剷除了當時朝中一大禍害，後人嘆曰：「司徒妙算托紅裙，不用干戈不用兵。三戰虎牢徒費力，凱歌卻奏鳳儀亭。」

有人認為貂蟬是董卓的婢女，根據是《後漢書・呂布傳》。董卓任呂布為騎都尉，非常信任他，於是收他為義子。有一次，呂布因小事得罪了董卓，董卓大怒之下持戟向呂布擲去，幸虧呂布及時避開，從此呂布對董卓暗懷怨憤。為了報復董卓，呂布趁機與他的侍婢貂蟬私通，又惟恐董卓識破，由此生出許多矛盾。

還有人認為，貂蟬是呂布部將秦宜祿之妻。在《三國志・關羽傳》中講到，曹操與劉備圍呂布於下邳，關羽向曹操請求說，城破之後，請把秦宜祿之妻賜我為妻。曹操同意了。後關羽又屢屢向曹操提及此事，曹操不由得好奇心起：「難道那秦宜祿之妻是一個美人兒，讓關羽如此念念不忘？」於是，曹操在城破之日派人先將秦妻送入自己營帳，自己留下了。關羽沒有得到秦妻，因此心裏很不痛快。

此外，徽劇、川劇、紹劇、京劇都有《斬貂》劇碼，寫呂布在白門樓殞命後，其愛妾貂蟬為張飛所獲，送至關羽處。關羽甚愛憐之，但念及古今英雄豪傑往往以迷戀女色而身敗名裂，便逼令貂蟬自刎。

由於文人的渲染和演繹，貂蟬的來歷越來越撲朔迷離。由於這些故事或多或少與史實有關，真真假假，更為難辨，以致歷史上的貂蟬究竟是怎樣一個人，就成為難解的懸案了。

風流倜儻點秋香

唐伯虎「好色」之謎

唐寅（一四七〇～一五二三），字伯虎，明代著名畫家、文學家，吳縣（今江蘇）人。其才氣橫溢，性情狂放，擅畫山水，並工畫人物、花鳥，畫風秀潤峭利，與仇英等並稱為「明四家」。他兼善書法，詩作也多，著有《六如居士全集》，民間流傳的「唐伯虎點秋香」的故事中，描繪了他崇尚自由的心境。

唐寅，號六如居士，又號桃花庵主，是明代著名的書畫家。他的詩、書、畫堪稱「三絕」，尤其是他的畫取法李唐、劉松年等名家，用筆雅秀，設色綺麗，構圖奇妙，別有新意，與沈周、文征明、仇英並稱「吳門四大家」，也是吳中文學四傑之一。他的風流韻事也有許多傳說，如「唐解元一笑姻緣」、「唐伯虎三點秋香」、「江南第一風流才子」等，說得有聲有色，彷彿真有其事似的。如《蕉窗雜錄》記載「唐子畏被放後，於金閶見一畫舫，珠翠盈座，內一女郎，姣好姿媚，笑而顧己。乃易微服，買小艇尾之。抵吳興，知為某仕宦家也。日過其門，做落魄狀求傭書者。主人留為二子用，事無不先意承旨，主甚愛之。二子文日益奇，父師不知出自子畏也。已而以娶求歸，二子不從，曰：『室中婢，惟汝所欲。』遍擇之，得秋香者，即金閶所見也。二子白父母，而妻之。婚之夕，女郎謂子畏曰：『君非向金閶所見者乎？』曰：『然。』曰：『君士人也，何自賤若此？』曰：『汝者顧我，不能忘情耳。』曰：『妾昔見諸少年擁君，出素扇求書畫，君揮翰如流，且歡呼浮白，旁若無人，睨視吾舟，妾知非凡士也，乃一笑耳。』子畏曰：『何物女子，於塵埃中識名士耶？』益相歡洽。居無何，有貴客過其門，主人令子畏典客，客於席間，恆注目子畏。客私謂曰：『君貌何似唐子畏？』子畏曰：『然，余慕主家女郎，故來此耳。』客曰主人，主人大駭，列於賓席盡歡。明日治百金裝，並婢送歸吳中。」

這個故事，就是「三點秋香」的雛形吧。後來，加上曲藝、戲劇等藝術形式的渲染，唐伯虎在人們的心目中，就成了個恃才好色，放蕩不羈，風流倜儻的人物了。

其實，唐寅是個失意的文人，一生大都處在苦澀之中，是才子，但卻不風流。

唐寅自幼聰明好學，十六歲就考中了秀才。後來，其父去世，他的生活失去依靠，在好友祝允明的勸說下，苦練八股文，在廿九歲那年鄉試一舉高中，人稱「唐解元」。接著，他滿懷信心進京參加會試，誰知受到一場科考舞弊案的牽連，不僅沒求得功名，反而被逮下獄。儘管他不久就獲得了自由，卻永遠失去了再進考場的資格，從此入仕無望。

唐寅出獄之後，被分發到浙江為小吏。這個處置使唐寅大為不滿，認為「士可殺而不可辱」，拒絕去做小吏。他的妻子徐氏性喜奢華，見他沒有做官的希望，便悄悄委身他人，並把他的大部分家財席捲一空。

唐寅當官不成，就想一心一意做學問，這時，南昌寧王朱宸濠聞知他的才華，用重金將他聘為幕僚。豈不知寧王早有造反之心，唐寅擔心禍牽己身，遂佯狂使酒，裝瘋露醜，想方設法回到了吳縣。從此，他看透了人世的炎涼，毅然開始了遊歷生活。

後來，唐寅又返回老家吳縣，在城北桃花塢買地建屋，取名為「桃花庵」，據說，也只不過是幾間茅屋而已。這時，他與一位名叫沈九娘的官妓成了婚，還生了一個女兒桃笙。不料，吳縣一帶連遭水災，唐寅的畫賣不出去，只好靠借貸度日。沈九娘也不堪勞苦，撒手歸西。幾年後，女兒嫁給一位商人。唐寅面對難耐的寂苦，曾一度皈依佛家。他的「六如居士」的別號即緣此而生。五十四歲那年，唐寅走完了他命蹇時乖的一生。

人們不禁要問，像他這樣一生不得志的落魄文人，怎麼會有「江南第一風流才子」的雅稱？

一是說，這一名號來源於他的一方圖章。說是他在絕意功名後，刻了一枚「江南第一風流才子」的圖章，用在他的一些繪畫作品上，著意不在「風流」，也非炫耀自己的才氣，而是抒發胸中不平，對功名的蔑視，是他的一種自慰，也是貧困中的寄趣。

二是說，唐寅精於仕女題材的繪畫，如《九美吟》、《簪花仕女圖》、《秋風紈扇圖》等，都有令人心動的美女，如此推斷，唐寅一定熟悉這些佳麗們的生活，否則不可能畫得如此傳神。

三是說，在唐寅自築的居所「桃花庵」，只要他賣畫得了錢，就會邀請名士好友在此飲酒歌吟，不免留下「酒醒只在花前坐，酒醉還來花下眠」的忘形之態。

四是說，唐寅接觸過官妓，又娶了蘇州名妓沈九娘為妻，人們樂得移花接木，遂把金陵名妓「秋香」也「嫁」給了他，於是以訛傳訛，皆以為真。

唐寅倘若泉下有知，恐怕也得啼笑皆非吧。

東方版羅密歐與茱麗葉——梁祝之謎

梁山伯與祝英台是中國古代傳說中的人物。據傳兩人相親相愛，私訂終身，後因父輩干涉，兩人不堪封建禮教的重壓，先後殉情而死，死後化成一對蝴蝶。此傳說在明書《同窗記》中有載。

梁山伯與祝英台的愛情故事，與白蛇傳、牛郎織女、孟姜女並稱為我國四大民間傳說，流傳甚廣，婦幼皆知，被稱為東方的「羅密歐與茱麗葉」。在寧波民間至今還流傳有：「若要夫妻同到老，梁山伯廟到一到」的俗話。

年輕美貌的祝英台是富紳祝青山惟一的掌上明珠，地方太守之子馬文才仗勢逼嫁，祝英台堅拒，看準馬文才胸無點墨，乃提出條件，要求以「文鬥」定輸贏，允諾一旦輸了便願下嫁。馬文才爽朗答應，知無勝算，乃於市井中找到梁山伯代為捉刀。文鬥場中，梁山伯一展才華，果使祝英台輸了比賽，當場淚灑。幸山伯書僮四九意外闖入，爆出了作弊情形。英台一方面氣馬文才使詐，一方面卻被山伯所展現的才華所吸引；山伯亦然，二人初見，便對彼此留下極好印象，更種下日後撼動天地、生死難分的情愛火苗。

祝英台一心向學，苦苦求得家人同意，女扮男裝歡喜上路，並於草橋處巧遇梁山伯同行。二人同入書院就讀，期間祝英台情愫暗藏，與梁山伯培養了超越同窗之誼的男女情感。文才得情，也隨往書院，處處作梗，終逼得祝英台帶領梁山伯逃離書院，私訂終身。山伯至此方知祝英台是女兒身，惟情愛熾烈，已然一發不可收拾。

梁山伯與祝英台兩相意愛，文才萬分不甘，乃利用其父權勢，不斷對祝家施行迫害。梁山伯與祝英台在重重壓力下，堅定不悔。山伯更立志考取狀元，好與英台順利結合，未料事與願違，山伯雖中狀元，卻被馬太守暗施手腕運作，只屈任縣令一職。文才持續施壓，再加上梁、祝上代的恩怨結纏，山伯與英台的情愛至此深受阻隔。至末，山伯為愛拚搏得心力交瘁，仍難挽頹勢，終立下血書，抑鬱而終。

「生人同衾死同墳，山伯英台永世不離分。」當英台見到山伯臨終前的字字血淚，悲慟欲絕，不顧一切奔往哭墳。二人至死不渝的情愛震撼了天地鬼神，山伯墳突然開啟，英台毅然投身而入。山伯與英台魂魄依偎，雙雙化蝶，翩飛在世人面前，成就了中國民間最淒美動人的愛情故事，絕唱千古。

梁山伯和祝英台的故事，在我國可說是家喻戶曉，婦孺皆知。但是，歷史上是否實有梁祝其人其事？如果有，他們是哪個時代，什麼地方的人？

有人認為，梁祝和《白蛇傳》、《牛郎織女》、《孟姜女》合稱中國四大民間故事，後來編成戲劇。因此事實上不存在其人其事，而且梁祝死後怎麼可能化為蝴蝶呢？儘管戲劇和故事十分動人，但畢竟是傳說。

雖然梁祝不能化蝶，但有人發現，梁山伯和祝英台卻有其人。祝英台是明代俠女，而梁山伯是前朝書生，兩人年齡相差兩百年，可是在故事中卻被安排成了夫妻，這是為什麼呢？原來祝英台為民造福，死後人們為她安葬，挖掘墓穴時發現下有梁山伯墓，於是人們將兩人合葬，才有了後來的「梁祝」故事。這則軼聞很有意思，可惜語焉不詳，未說明來源，因此無法進一步探索此說的真偽。

清代乾嘉時著名學家焦循並沒有把梁祝的故事當成一則無足輕重的傳說。他經過一番考據，確定全國至少有四座所謂梁祝墓。第一處墓葬地在河北林鎮，第二處墓在山東嘉祥縣，在那裏，焦循曾親見祝英台墓的碣石拓片。第三處墓在浙江寧波，該地除有梁祝墓之說外，還有梁山伯廟，鄞縣鄉間還流傳有「若要夫妻同到老，梁山伯廟到一到」的俗語，而且廟中香火還很盛。焦循進而查考地方志，據方志記載：「晉梁山伯，字處仁，家會稽，少遊學，道逢祝氏子同往。肄業三年，祝先返，後山伯歸訪之上虞，始知祝為女子，名曰英台。歸告父母，求姻時，已許鄮城西清道原。明年，祝適馬氏，舟經墓所，風濤不能前，英台臨塚哀痛，地裂，而埋璧焉。事聞於朝，丞相封『義婦塚』。」第四處墓在揚州，焦循認為這座墓不是祝英台墓，而是隋煬帝墓。

梁祝的故事究竟根據真實事件改編的，還是出自文人的藝術創造，已經不再重要，他們的愛情如同一曲優美的旋律，永久地撥動著人們的心弦。

最美的胖女人
楊貴妃之謎

楊貴妃（七一九～七五六），名玉環。據說其美貌如花，通曉音律舞蹈。初為唐玄宗之子壽王妃，後得玄宗喜愛，天寶四載（七四五）封為貴妃。因其集三千寵愛於一身，其兄姐皆顯貴，堂兄楊國忠把持朝政。七五五年，安祿山叛亂，楊貴妃與玄宗逃至馬嵬驛。隨軍誅楊國忠，並請玄宗賜其自盡。縊亡。一說其以替身代之縊，其逃向了東瀛。

開元二十四年，唐玄宗寵愛的武惠妃病故了。哀悼之餘，玄宗尋遍後宮，幾千人中竟沒有一個他中意的。就在這時，有人上奏說，前蜀州司戶楊玄琰的女兒楊玉環是絕代佳人。楊玄琰早已病死，他的女兒當時為唐玄宗的兒子壽王的妃子，是個有傾國姿色的女子。她姿質豐豔，善於歌舞，通曉音律，聰明過人。玄宗極為喜歡，漸漸迷戀，不能自拔。不久，楊玉環專寵後宮，宮中稱她為娘子，儀體規制等同皇后。

天寶初年，楊玉環被冊封為貴妃。楊玉環令玄宗神魂顛倒，春宵苦短日高起，從此君王不早朝。楊玉環如何使玄宗如此迷戀於她呢？是她的天生麗質，肌膚白皙如「凝脂」？是她的「回眸一笑百媚生」的迷人媚態？是她的羽服霓裳，能歌善舞？

玄宗熟悉音律，在唐朝諸位皇帝中算是佼佼者。他自幼喜愛音樂，素質高，會做曲，能舞蹈，不少弟子曾在梨園都受過他的訓練。而楊玉環身材好，體態美，又擅長旋律快速的西域舞蹈，加之楊玉環是個琵琶名手。有一次，玄宗倡議用內地的樂器配合西域傳來的五種樂器開一場演奏會，當時玄宗興致勃勃，手持羯鼓，楊玉環彈奏琵琶，輕歌曼舞，晝夜不息。對於玄宗而言，當然精於音律的楊玉環就顯得格外有魅力。

楊玉環有三個姐姐，個個有才有貌，玄宗一起封她們為國夫人：一個為韓國夫人，一個為虢國夫人，一個為秦國夫人。天寶初年，楊太真被封為貴妃，她死去的父親被追封為太尉、齊國公，母親被追封為涼國夫人，叔父玄珪授為光祿卿，從兄楊錡授侍御史，均賜給住所，和宮城相連。韓、虢、秦三夫人家，每有請託，府縣承迎，四方賂遺，門庭若市。就這樣，楊貴妃一人得寵，楊氏一族都富比公卿了。

唐玄宗和楊貴妃並不總是如膠似漆，兩人經常鬧彆扭，但唐玄宗對貴妃的確非常迷戀。天寶五年（七四六年）七月，楊貴妃因為受到唐玄宗的微責，被送回楊家。就在楊貴妃離去的這一天，都到了中午，唐玄宗也不吃飯。高力士知道玄宗的心思，就把供帳、器玩等辦了一百多車，又把玄宗的御饌分了一半，送到楊家奉給了楊貴妃。儘管這樣，唐玄宗仍然很不高興，下午，他又無緣無故地發怒，鞭笞了左右的宮人。高力士於是又奏請，把楊貴妃迎回宮中。就在那天夜裏，唐玄宗打開了皇宮中的安興門，把楊貴妃迎回宮，這才轉怒為喜，並對楊貴妃再三撫慰。

此後，楊貴妃更加得寵，玄宗每到外地遊幸，她都要隨侍，乘馬的時候便由高力士執轡授鞭。皇宮中專供楊貴妃織錦刺繡的工匠有七百人，雕刻鑄造的工匠也有數百人。玄宗每年十月到華清宮，楊國忠兄弟姐妹五家都要隨行，每家為一隊，每隊一色的衣服，五家合隊，衣服的顏色鮮豔奪目，在陽光照耀下，彷彿百花競開。車隊過時，沿途滿是珠翠發出的悅耳的響聲和散發的芳香，道路上掉落的金銀首飾多得數也數不清。

天寶九年（七五〇年），楊貴妃再次被送出皇宮。當時有個叫吉溫的大臣上奏玄宗說：「婦人家見識不遠，頂撞了皇上，但貴妃終究久承恩寵，為什麼您不在後宮留一塊地方，作為她的葬身之地，而偏偏讓她到宮廷外面忍受屈辱呢？難道您真忍心這樣做嗎？」玄宗聽後，神色黯然，立刻派遣後宮官員張韜光前往楊貴妃的住處撫慰，並賞賜御饌。貴妃哭著請張韜光轉奏玄宗說：「我沒有順從皇上，罪當萬死。我的一切都是皇上恩賜的，只有膚髮是父母所給。」楊貴妃用剪刀剪下一綹頭髮，請張韜光轉奉玄宗。唐玄宗看後，大吃一驚，惋惜得連連搖頭，就又馬上派高力士把楊貴妃召還宮中。

然而天寶十四年，「安史之亂」爆發。次年六月，安祿山攻破潼關，李隆基這才從溫柔夢中醒了過來。在楊國忠的攛掇下，玄宗與玉環兄妹等出延秋門倉皇西逃。玄宗一行出都門百餘里，來到一個名叫馬嵬驛（今陝西興平縣西）的地方，將士們饑疲交加，隊伍中出現了騷亂。龍武將軍陳玄禮秘密請示了太子李亨，以楊國忠謀反之罪將其誅殺，李亨同意後，陳將軍又上奏玄宗說：「國忠謀反已誅，貴妃不宜供奉，願陛下割恩正法！」玄宗不忍割捨貴妃，但周圍將士虎視眈眈，只好命高力士將貴妃帶到佛堂，用一條白綾結束了生命。眾軍士看到楊貴妃真的被殺，這才整齊隊伍繼續西行。

這位貴妃娘娘命喪馬嵬驛，本來沒有什麼值得懷疑的，可是出人意外的是，對於楊玉環的最後歸宿，卻出現了幾種說法。

一說楊玉環死裏逃生，削髮為尼。

唐玄宗從避居蜀地到返回長安，只有短短一年多的時間，等到要遷葬楊貴妃的時候，卻看不到屍體的半分蹤跡。既然找不到她的屍體，很可能是死裏逃生，就一定還有找到的可能。玄宗不會不派人到處尋找，結果仍然是杳無音信。這說明楊貴妃真的沒死。

還有的說，當時被縊殺的不是楊玉環，而是一位名叫蛾眉的宮女。因為陳玄禮不認識楊貴妃，辨不清楊貴妃的真正面目，所以高力士將一個宮女冒充貴妃抵了一命。楊貴妃出了馬嵬坡後，「換裝隱逃」南下，具體到了什麼地方，最後終老何處，則又說不清了。想起楊玉環曾經做過女道士的經歷，有人猜測她很可能隱匿於某個女道士院。還有人認為這位昔日的貴妃娘娘，為了苟求活命，有可能做了妓女。不過，楊玉環就算真的做了女道士或娼女，以楊氏的驚人美貌和她在朝野的知名度，難保不被人認出，更擋不住有人向玄宗皇帝打「小報告」，除非她有現代整容之術，否則不可能安全隱藏下來。

也有一說是楊玉環潛逃到日本，客死他鄉。

一九六三年，一位日本女子在電視臺聲稱，她家保存有自楊玉環以來的完整家譜，她自己就是這位貴妃娘娘的後裔。因此，有人撰文說，當兵變將領要殺楊貴妃時，看她貌若天仙，實在不忍下手，經與高力士密商，用「調包計」放走了楊貴妃。陳玄禮恐日後有變，選派得力親信送她南逃，至長江入海口揚帆出海，直趨東瀛，日本欣然接納了這位大唐國第一夫人。所以，今天日本山口縣大津郡油谷町久津的「二尊院」中還有楊貴妃的墳墓。大津郡的《郡志》上也有這樣的記載：唐玄宗得知楊貴妃東渡扶桑，難捨舊情，派特使送來兩尊佛像，並苦苦勸她回國，再享富貴。楊貴妃拔下一根玉簪答謝了玄宗，後在當地無疾而終，今日的「二尊院」即由此得名。

關於這位絕色女子楊玉環的最後結局，出現了這麼多種說法，到底她有沒有被殺死，如果沒有死，那麼她是東渡日本了，還是死在了中土？這位「三千寵愛於一身」的女子，連同她的愛情傳奇，永遠地留在了人們的記憶裏。

醉酒放歌的詩仙——李白死因之謎

李白（七〇一～七六二），字太白，號青蓮居士，唐代著名詩人。其才情奔放，博學廣覽，詩賦精絕。天寶元年供奉翰林，後受權貴讒毀，一腔抱負難以實現，遂別官浪跡天涯，晚年貧困潦倒，卒於當途。其詩作雋詠高放，語言瑰麗絢爛，達到了浪漫主義詩歌的高峰。其名作《蜀道難》、《靜夜思》等為後人廣為傳誦。

中國有史以來最有才華的詩人之一李白於寶應元年離開人間，走完了六十二歲的一生。李白的死因基本上有兩種說法，一種說法是病逝，一種說法是縱酒過度而死的。

做於唐德宗貞元六年的劉全白《唐故翰林學士李君碣記》也說：「君名白，天寶初詔令歸山，偶遊至此，以疾終，因葬於此。全白幼則以詩為君所知，及此投吊，荒墓將毀，追想音容，悲不能止。」古代文獻所謂「疾亟」、「賦臨終歌而卒」、「以疾終」，都明白地告訴人們，李白是病逝的。

李白一生嗜酒成性是出名的，因有「醉仙」之稱。玩讀李白詩作，就能聞到一股濃濃的酒味。詩人的《將進酒》有「烹羊宰牛且為樂，會須一飲三百杯」。《敘贈江陽宰陸調》有「大笑同一醉，取樂平生年」。《贈劉都史》有「高談滿四座，一日傾千觴」。《訓岑勳見尋就元丹邱對酒相待以詩見招》有「開顏酌美酒，樂極忽成醉」。《月下獨酌四》之三有「醉後失天地，兀然就孤枕，不知有吾身，此樂最為甚」。這樣，學人自然將李白的死因與醉酒致命聯繫起來，晚唐詩人皮日休曾做《李翰林詩》云：「竟遭腐脅疾，醉魄歸八極。」也即指出，李白是因醉酒致疾致命的，就連升天的靈魂都帶著醉意。

李白愛酒，也愛月，所以又有人把他的死因同「水中捉月」聯繫起來，這便產生了富有浪漫氣息的「溺死說」。由於對現實的不滿，詩人總是嗜酒好月，追求一種自由空靈的境界。五代時王定保在《唐摭言》中云：「李白著宮錦袍，遊採石江中，傲然自得，旁若無人，因醉入水中捉月而死。」此後，元代辛文房《唐才子傳》曰：「（李）白晚節好黃老，度牛渚磯，乘酒捉月，沉水中，初悅謝家青山，今墓在焉。」元代祝成輯《蓮堂詩話》也說：「宋胡璞，閩中劍南人，曾經採石渡題詩吊李白：『抗議金鑾反見仇，一壞蟬蛻此江頭，當時醉尋波間月，今作寒光萬里流。』蘇軾見之，疑唐人所做，嘆賞不置。」那麼，宋代大文豪蘇東坡持何看法呢？宋朝陳善《捫虱新話》記道：「坡（蘇東坡）又嘗贈潘谷詩云：『一朝入海尋李白，空看人間畫墨仙。』」可見，李白醉入水中捉月溺死的說法古已有之，流傳廣泛。

看來，李白的死因與醉酒有關，那麼究竟是病死的還是溺死的呢？兩種可能性都難以排除。李白的一生是浪漫的一生，富有詩意的一生，他的死也脫俗得很，「為詩而生，為詩而死」，詩仙的雅號當之無愧。

唐文宗時，下詔將李白的詩歌、裴旻的劍舞和張旭的草書稱為三絕。

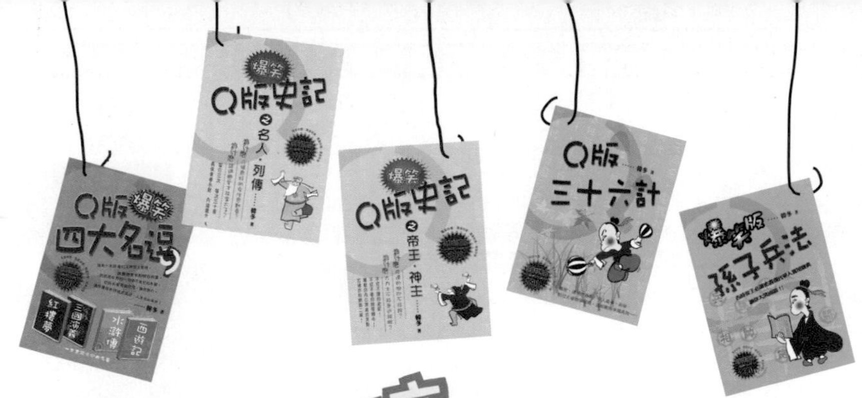

書香界的搞笑天王韓冬

- Q版爆笑四大名逗
- Q版三十六計
- 爆笑版孫子兵法
- Q版爆笑史記之帝王．神主
- Q版爆笑史記之名人．列傳
- Q版爆笑通鑑之秦始皇前後
- Q版爆笑通鑑之天可汗前後

堪稱風度翩翩、玉樹臨風的搞笑專家

古籍經典信手拈來，即成幽默風趣的捧腹之語

左手拿誠實棒棒糖，右手拿慚愧豆沙包，是他一向的裝備

原來，星爺是他的最高指導原則

有此師父，怎能不稱霸搞笑界！

風雲書網 一次滿足您所有需求！

想知道最新最快的書訊？想花費最合理的價格買書？

請上風雲書網 http://eastbooks.com.tw

郵撥帳戶：風雲時代出版公司　　郵撥帳號：12043291

電話：02-2756-0949　傳真：02-2765-3799　地址：台北市民生東路五段178號7樓之3

E-mail：h7560949@ms15.hinet.net　官方部落格：http://eastbooks.pixnet.net/blog

古龍精品集

古龍小說 已成經典 精華薈萃 百年一遇

多年以來，古龍為台港星馬各地的讀者大眾，創造了許多英雄偶像，提供了許多消閒趣味。如今，他的作品又風靡了中國大陸，與金庸的作品同受喜愛與推崇。

風雲精選武俠經典 編為經典版古龍精品集

◎ 單套郵撥85折優待 ◎

古龍精品集《25K本》

01. 多情劍客無情劍（全三冊）
02. 三少爺的劍（全二冊）
03. 絕代雙驕（全五冊）
04. 流星・蝴蝶・劍（全二冊）
05. 白玉老虎（全三冊）
06. 武林外史（全五冊）
07. 名劍風流（全四冊）
08. 陸小鳳傳奇（全六冊）
09. 楚留香新傳（全六冊）
10. 七種武器（全四冊）（含《拳頭》）
11. 邊城浪子（全三冊）
12. 天涯・明月・刀（全二冊）（含《飛刀・又見飛刀》）
13. 蕭十一郎（全二冊）（含《劍・花・煙雨江南》）
14. 火併蕭十一郎（全二冊）
15. 劍毒梅香（全三冊）（附新出土的《神君別傳》）
16. 歡樂英雄（全三冊）
17. 大人物（全二冊）
18. 彩環曲（全一冊）
19. 九月鷹飛（全三冊）
20. 圓月彎刀（全三冊）（待出版）
21. 大地飛鷹（全三冊）（待出版）
22. 風鈴中的刀聲（全一冊）（待出版）
23. 英雄無淚（全一冊）（待出版）
24. 護花鈴（全三冊）（待出版）
25. 絕不低頭（全一冊）（待出版）

※ 陸續出版中

英才背後的蹊蹺

白居易之謎

白居易（七七二～八四六），字樂天，號香山居士，唐代著名詩人。其少年清貧，貞元元年進士，官居左贊善大夫、刑部尚書。其詩作頗豐，大多反映當時政治黑暗、人民苦難的現實。其詩文通俗易誦，流傳較廣。長篇敘事詩《長恨歌》、《琵琶行》是其代表作，著有《白氏長慶集》。

唐朝的詩歌發展到了我國詩歌的鼎盛時期，素有「唐詩宋詞」之說。李白、杜甫、白居易唐代三大詩人的名字家喻戶曉。尤其是白居易，他的詩風格獨特，文詞平明易達，通俗易懂，讀來琅琅上口，婦孺皆知，所以流傳於當時的民間街頭巷尾，廣為傳頌，由此白居易也成當時最大眾化的詩人。他的詩還有一個特異之處，是脫出了律絕的格調，用詩敘述長篇故事，這是當時社會詩作的一大突破，後來流傳於世的有《長恨歌》、《琵琶行》、《新豐折臂翁》等著名之作。後人仿效其詩風的很多，並且形成「元和體」，流傳至今。

作為中國古代最著名的詩人之一，白居易的詩是眾人皆知且評價一致，但是對於他的出身，究竟他是「漢人」，還是「胡人」卻是眾說紛紜，莫衷一是。歷史上對白居易世系家族進行考證的人很多，但都不能自圓其說。

有一種說法認為白居易是漢人。《白居易集》卷四十六《故鞏縣令白府君（鍠）事狀》及卷七十《唐故溧水令太原白府君（季康）墓誌銘》中對白居易的家族來歷有比較詳細的論述。《事狀》中寫到白氏是中原姓氏，其祖是戰國時楚國人。楚國沒落，楚國太子建投奔鄭國，而建的兒子子勝住在吳、楚兩國之間，號白公，這就是這個姓氏的來源。楚國國君後來殺死白公，他的兒子只好投奔秦國，這就是一代名將白乙丙。白乙丙的嫡孫叫白起，因為在秦國立下汗馬功勞，所以被秦王封為武安君，但後來因為被他人牽連被賜死在杜郵。直到秦始皇時想起武安君的莫大功勞，為了對其補償，封白起的第二個兒子於太原，白氏子孫由於這個緣故成了太原人。

白家世代為官，可以說是官宦世家。經過武安君白起以來傳到第二十七代是白府的高祖白建，官至北齊王兵尚書，贈司空。曾祖白士通，曾做過皇朝（唐）利州都督。祖父白志善，官職是朝散大夫，尚衣奉御。父親白溫，官拜朝請大夫，檢校都官郎中。

白溫的第六個兒子叫白鍠，字上鐘，曾選授河南鞏縣令。白鍠有五個兒子：長子白季庚，官拜襄州別駕，接下來是白季般，曾經做過徐州沛縣令。其次是白季軫，官拜許州許昌縣令。再接下來是白季寧，做過河南府參軍。還有么子白季平，是鄉貢進士。而白居易即襄州別駕白季庚的兒子。並且從白居易自己寫的手稿，或者現在保存在洛陽白書齋處的《白氏譜系序》稿本中我們可以看到，白居易自己沒有子嗣，但是他哥哥有景回、景受、景衍三個兒，所以將景受過繼給他，因此後來洛陽的白氏一族都是白景受的後代，而白居易則是這一族的始祖。傳到現在已經是五十多代了。那麼白居易為漢人，已是鐵定的事實，無可懷疑。所以《古今中外名人索引》中對白居易的介紹也是說他是漢人，即唐代太原人。

還有一種說法說白居易是「胡人」。根據是從白居易的直系親屬的族系來判斷的。唐末宰相白敏中是白居易的從弟。對於白敏中的記載，可以在宋初孫光憲所著的《北夢瑣言》卷五《中書蕃人事》看到。自唐朝大中年至咸通年間，已經是中書令的白敏中官拜宰相；在他之後的宰相依次是畢誠、曹確、羅邵權。於是後來的宰相崔慎猷感嘆地說，從白敏中以來，多位宰相都是胡人。所以說畢、白、曹、羅都是胡人的姓氏。這樣說來，如果白居易的從弟白敏中是胡人，那麼白居易當然也是胡人了。

其實關於這一點，從白居易為他的從侄僧人白寂然寫的《記沃州山禪院》（收於《白居易集》）中也可看出一點端倪。

白居易在文中說到，最初是羅漢僧西天竺人白道猷居住在沃州山禪院，大和二年春，頭陀僧白寂然來沃州遊玩。大和六年的夏天，寂然派遣門徒僧常帶著他的書信來到洛陽，請他的從叔白樂天（白居易字樂天，號香山居士）為沃州山禪院寫篇文章。信中寫到，最早是白道猷定居在沃州山禪院，接著由我白寂然接管了這個禪院，現在又請您為它撰寫文章，這難道不是一件奇事麼？看來沃州山與白氏好幾代都有淵源。

白居易的文章說明一個重要的問題：白道猷是天竺（西域）人，而白居易自認是他本家，那麼白居易當然也是「胡人」了。也許這篇文章是白居易受白寂然之託而寫一篇交際性的文字，那麼與《事狀》和《白氏譜系序》稿本相比，根本比不上前兩者的嚴肅性，但是白居易自己為什麼要自相矛盾，遺疑點於後人呢？有的人將這一點解釋為他晚年皈依佛教，甚至留下遺命，用塔葬的形式將自己葬在龍門，所以，他非常有可能扯上西天竺僧人為本家，以表明自己家族與佛教的淵源。可是，這個解釋對於宋初孫光憲《北夢瑣言》中說白氏是胡人的姓氏這一點，卻絲毫沒有解釋力了。

但是，關於白居易是胡人的記載在正史上也可以看得到。顧學頡根據《後漢書・班超傳》和《新唐書》卷二百三十一的《西域列傳》的記載，在他寫的《白居易世系・家族考》一文（一九八二年版《文學評論叢刊》第十三輯）中，明確指出白居易的祖先並不是漢族，而是西域龜茲國的王族，曾經隸屬於西突厥，為西突厥統治下的十部落之一的鼠尼施部。其祖先的姓氏白來自因龜茲國境內有白山，並且是由漢朝贈予的，一直到唐代都沒有改變。顧學頡在文中認為白居易明明知道自己的祖先是西域人，不是漢族，而偏偏偽造歷史說遠祖是楚國的漢人貴族，其原因是為了抬高自己的身價，顯示自己出身的高貴，所以給先祖扯上了一些不相干的闊祖先。

但是，這個論斷還是有一個非常明顯的漏洞的，按道理說，如果白居易為了為自己安排一個顯赫的家世而扯下彌天大謊，那麼就該前後一致，可是他在後來的文章中有意向別人透露白氏原為「胡人」，並且和天竺僧人白寂然攀起叔侄來的這個做法，恐怕就沒有辦法得到合理的解釋了。

心有靈犀一點通

《釵頭鳳》陸游與唐婉之謎

陸游（一一二五～一二一〇），字務觀，號放翁，山陰（今紹興人），南宋著名詩人。曾任通判、寶章閣待制等。身處金兵入關，南宋政權乞和之境，因其主張抗金，收復失地，受投降派壓制而未得重用。詩作頗豐，現仍存九千餘首，詩文雄渾狂致，情態激昂，充滿了統一國家的強烈感情。詩作《釵頭鳳》、《關山月》等被人們世代傳誦。

南宋大詩人陸游有一首著名的詞作，名為《釵頭鳳》。

「紅酥手，黃藤酒。滿城春色宮牆柳。東風惡，歡情薄。一懷愁緒，幾年離索。錯！錯！錯！春如舊，人空瘦。淚痕紅浥鮫綃透。桃花落，閒池閣。山盟雖在，錦書難托。莫！莫！莫！」

在這首詞中，陸游回憶了自己和表妹唐婉那段刻骨銘心、悱惻動人的愛情。這對才子佳人之間的愛情不是一段佳話，而是浸透著淚水的一場悲劇。

陸游約在二十歲時，與表妹唐婉結為夫妻。陸游才情橫溢，風華正茂，唐婉溫柔多情，也能詩會詞，夫妻倆情投意合，相親相愛，婚姻十分美滿。誰知好景不長，陸游的母親不知怎麼的，不喜歡這位兒媳，婚後不數月，竟逼著兒子與唐婉離婚。在封建禮教的淫威下，陸游拗不過母親，被迫休棄了唐婉。

陸游覺得沒有正當理由休妻，可又不敢違抗母命，只得極不情願地辦了「離婚手續」。但是，陸游實在難以離開唐婉，便不聲不響地來了個「金屋藏嬌」，悄悄搞了一所別宅讓唐婉居住，暗中不時與其相會。誰知一來二去，被陸母發現，陸母又找上門去吵鬧。陸游知道他與唐婉的這段緣分已到盡頭，不得已與之揮淚訣別。

南宋高宗紹興十七年（西元一一四七年），廿三歲的陸游與一位王姓女子結婚，唐婉則嫁給了本地一個名叫趙士程的大戶子弟。十年後，陸游春遊沈氏花園，巧遇唐婉與後夫趙士程也前來踏春；兩人驀地相逢，恍如隔世，離情別恨，頓時湧上心頭。唐婉讓人送過酒肴向他致意，陸游吞下苦酒，揮筆在牆上題下了《釵頭鳳》詞。

唐婉見了陸游的題詩，更增一層離情別恨。看著變化無常的世情、人情，想想恍如夢中的昨天、今天，她那悲憤的思緒如同蕩來蕩去的鞦韆，再也難以平靜，遂照陸游的詞牌，也和了一首：

「世情薄，人情惡，雨送黃昏花易落。曉風乾，淚痕殘。欲箋心事，獨語倚欄。難！難！難！人成各，今非昨，病魂常似秋千索。角聲寒，夜闌珊。怕人尋問，咽淚妝歡。瞞！瞞！瞞！」

與陸游分別後不久，唐婉鬱鬱成病，不久便撒手人寰。

陸游與唐婉，志趣相得，琴瑟相和，陸母理應高興，為何反而逼著兒子離婚？這違反常情之舉引起了後世許多猜疑。

有人說，陸母之所以棒打鴛鴦，是怕陸游沉溺於兒女情中，荒廢學業，於是逼著兒子離婚（《後村詩話》）。陸游的父母對兒子期望甚大，故下決心，寧願犧牲兒子在婚姻上的幸福，也要求兒子在為國為家的事業上能有所作為。

可是，陸游追求愛國事業，並不一定會因眷戀愛情而荒廢學業，唐婉又沒有扯他的後腿，他何至於會毫不猶豫地選擇事業，而拋棄一往情深的嬌妻？陸母要真有那麼崇高的精神境界，又何必要讓兒子年紀輕輕，又剛落第時就急急忙忙地娶媳婦？因此，說陸游的父母是為了國家、民族的利益，為了陸游的前途和事業而逼子離婚，難以信人。

另外一個說法是，陸母想早點抱孫子，可是唐婉遲遲不生育，老人著急，於是對陸游施加壓力，迫其再娶。陸游《劍南詩稿》中有一篇《姑惡》詩云：「所冀妾生男，庶幾姑弄孫，此志竟蹉跎，薄命來怨言。」這裏點明了他與唐婉分手的原因，是母親埋怨唐婉不生育。可是，陸游是父母的第三個兒子，他的哥哥早已做了父親，陸家的長孫陸絳年齡與陸游差不了多少，陸母急從何來？可見這個說法不符合事實。

還有人說，是唐婉不通人情世故，禮節不周，惹得老夫人不滿意；加之陸游考試落榜，陸父因主張抗戰觸怒秦檜被革職，抑鬱而死，給陸母很大刺激。唐婉心胸豁達，對公公之死沒有形諸顏色，使老太太大為不快。一次偶然機會，老夫人遇見王氏女郎，愛其端莊婉順，便強迫兒子以「不孝翁姑」為由休棄唐婉而娶王氏。

與陸唐故事有關的每一方都不可算是壞人，但是後來的結局卻是悲慘收場。每個人行動的動機都是愛而非仇恨，甚至連陸母也不例外；但是，世界上，有些愛就是不能互相相容的。這種沒有惡意而導演出的悲劇，在任何時代、任何地點、任何文化中都大量地發生。所以，愛，也不是一件簡單的事情。

愛上不該愛的人

曹植暗戀大嫂之謎

曹植（一九二～二三二），字子建，譙（今安徽亳縣）人，曹操子。其才華橫溢，詩作雋麗，頗受曹操喜歡，封陳王。曹操死後，其備受曹丕猜忌，抑鬱而死。其詩作頗多，詞采華茂，原有集，現已散佚。宋時輯有《曹子建集》，其「七步成詩」的故事至今流傳。

在詩文俱盛的魏晉時代，曹植尤以才華卓絕、文筆清麗見稱。西元二二三年，他寫下了一篇哀婉悲豔的《洛神賦》。賦中的洛水女神，遠望「翩若驚鴻，婉若游龍」，近觀「皓齒內鮮，明眸善睞」，行動之間「凌波微步，羅襪生塵」，見者「情悅其淑美兮，心振盪而不怕」，但人神永隔，難以相通。至仰至慕之情，千載之下猶令人感懷。歷代文章中，描摹女性之美，無過於此文矣！

三百年後，梁昭明太子蕭統編《文選》時，把此作歸入「情類」。唐代的李善為《文選》做注。提到曹植的賦是為紀念他的嫂嫂——文帝曹丕的甄妃而做的。賦原名《感甄賦》，後來文帝的兒子明帝見了，才改為《洛神賦》。圍繞著這篇賦的洛神，由此展開了爭論。

曹植愛上了自己的嫂子，既不合兄弟之倫，也不符君臣之義，不義不忠，大逆不道，成何體統？於是從古至今，便有一支浩蕩大軍來辨偽正本，口誅筆伐。唐彥謙說：「驚鴻瞥過游龍去，虛惱陳王一事無。」陳王，就是指曹植。宋人劉克莊則說，這是好事者乃「造甄后之事以實之」。到了清代，更有何焯、朱乾、潘德輿、丁晏、張雲墩等一堆人，群起而論之。他們的理由大略如下：

第一，李善的注本並沒有注曹植寫賦的緣由，是後人刊刻《文選》的時候誤引了他說。第二，曹植愛上他的嫂嫂極不可能。就是愛上，也沒有那麼大的膽子敢寫《感甄賦》。曹丕對曹植本來就素有猜忌，有了這種緊張的關係，曹植再寫《感甄賦》豈非火上澆油？第三，圖謀兄妻，這是「禽獸之惡行」，曹植貴為帝子，當然不會置輿論身分於不顧。第四，李善注中還提到，文帝曹丕曾把甄后之枕給曹植看，並把此枕賜給曹植，這種行為「里老所不為」，何況帝王乎？是不合情理的行為。第五，《感甄賦》確有其文，但「甄」並不是甄后之「甄」，而是鄄城之「鄄」：「鄄」與「甄」通，遂為「感甄」。曹植在寫此賦前一年，任鄄城王。第六，《洛神賦》一文，是「託辭宓妃以寄心文帝」，對洛神的仰慕其實「純是愛君戀闕之詞」，是想表達自己願意為朝廷所用、建立功業的心願。後來否定「感甄說」的人，大多觀點也在此範圍之內了。要說有所增加，只是說，十四歲的曹植不大可能向曹操求娶廿四歲的已婚女子為妻。

除去史學家的考證和道學家的辯論之外，小說傳奇和一些詩人們的觀點是完全不同的。有的甚至認為洛神就是甄后，比如《太平廣泛》卷三百三十一《蕭曠》篇、《類書》卷三十二《傳奇》篇，都有蕭曠與洛神女豔遇一節。洛神女曰：「妾，即甄后也。」「妾為慕陳思王之才調，文帝怒而幽死。後精魂遇於洛水之上，敘其冤抑。因感而賦之。」李商隱在他的詩中，多次引用到曹植感甄的情節，甚至說：「君王不得為天下，半為當時賦洛神。」蒲松齡的《聊齋誌異・甄后》篇中，甄后大罵曹操曹丕，言「丕不過賊父之庸子耳」，連父帶子一塊兒罵上了。

文學家們的贊同，大多是先被《洛神賦》中哀感頑豔、纏綿悱惻的仰慕所打動了，他們並不提出太多確鑿的考證來，只是抱著極大的熱情去同情和讚歎陳思王和甄妃的愛情悲劇，也難怪，在封建的時代，很難有正而八經的文章敢跳出來論證弟弟愛上嫂嫂的可能性，人們也只能在文學的範疇內一掬同情之淚。近代的人就不一樣了。郭沫若在《論曹植》中，直言不諱地說：「子建對這位比自己大十歲的嫂嫂曾經發生過愛慕的情緒，大約是無可否認的事實吧。」並引魏晉時代男女關係並不是那麼嚴格的例子來證明，進而推論：「子建要思慕甄后，以甄后為他《洛神賦》的模特兒，我看應該是情理中的事。」

但是，如果承認《洛神賦》是感甄之作，如何解釋賦中的「長寄心於君王」一句呢？歷來也有兩種解釋：一說「君王」指的是賦中「予」，即作者曹植，「是宓妃對『予』的稱呼」，而不是指曹丕。這就不是寄託君臣之道，而是寄託做賦者身不由己，好夢難成的惆悵和憤怨。還有一說，認為君王指的是被曹丕廢除的「山陽公」，也就是東漢的末代皇帝劉協。這種推論，也姑備一說。

千百年來，爭論的雙方都沒有充分的證據來直接說明是感甄或不是感甄，大抵都各據片羽之材料，做倫理道德或者情感上的推論罷了。推論總是有不斷解釋的可能，比如說，如果真的是感甄之作，有什麼確鑿的材料能夠完全推翻否定派提出的六點疑問呢？如果不是感甄而作，是寄託君臣之道，曹植會對苛刻的兄長產生《洛神賦》中所表現的那麼深摯的感情嗎？答案似乎都是不能的。所以，我們充分領略《洛神賦》文字之美、神韻之美的時候，大可以自己去選擇喜歡的結論了。

聶小倩大戰九尾狐

蒲松齡與「鬼怪」之謎

蒲松齡（一六四〇～一七一五），字留仙，別號柳泉居士，清代著名文學家。自幼聰慧，文名遠播，累試不第，七十一歲始成貢生。一生以教書育人為主，善做俚曲，詩作佳，其短篇小說集《聊齋誌異》膾炙人口，廣為傳誦。另著有《聊齋文集》、《聊齋詩集》等。

《聊齋誌異》的作者蒲松齡在文學上取得了輝煌的成就，然而在科場上卻是一個不折不扣的失敗者。他從十九歲參加科考，反反覆覆考了四十四年，竟連個舉人也沒考上！直到蒲松齡七十一歲那年，才按例補了個歲貢生。能夠寫出精彩絕倫的《聊齋誌異》，卻寫不好八股文，如此高才為什麼屢試不第？他是不是一塊讀書的材料呢？

蒲松齡出生在山東一個小康之家，他的父親屢試不中，於是棄文經商，把入仕的希望寄託在兒子們身上，尤其是四個兒子中最聰明的松齡身上。蒲松齡從小就在鄉里以「神童」著稱，小小年紀就會做詩寫文。清順治十六年（西元一六五九年），十九歲的蒲松齡去考秀才，拔了一個頭籌。正當蒲松齡信心百倍地要在接下來的鄉試中再顯才華的時候，命運卻與這位文章高手開起了殘酷的玩笑。

順治十七年（西元一六六〇年）和康熙二年（西元一六六三年），蒲松齡兩次參加鄉試，兩次名落孫山！蒲松齡很感意外。然而京城傳來的消息更使他意外：朝廷宣布改變考試制度，將三場改為兩場，而且不再考八股文了。誰知康熙四年又恢復原先的考試辦法，康熙五年又去應考，這次還是榜上無名。接下來再考，依然望榜興嘆。康熙十七年，蒲松齡又考，還是未被錄取。

但是蒲松齡還是不想放棄登科的願望。於是，他從少年考到中年，從中年考到了古稀，終究無法從秀才躍上舉人的臺階。這是為什麼？蒲松齡不解，別人也納悶，於是猜測紛紛迭起。

有人認為，蒲松齡屢考屢敗，最主要原因還是他的八股文寫得不符合錄取要求，缺乏寫作八股的技巧。文學大師竟然缺乏寫作技巧，這聽起來很荒謬，可實情也許正是這樣。八股文不同於文學作品，這種明清兩代一直沿用的考試文體十分特殊，是糅合了散文的章法、駢文的排偶和近體詩格律的一種特殊文體，它需要在很短的時間裏，駕馭著安邦治國的嫻熟語言，破題承題，起進提比，束結落下，面面俱到，要寫好考卷上的題目，難度的確是很大的。蒲松齡也許對八股文或策論表制不大感興趣，因此用功不夠，沒有積累起足夠的應試寫作技巧，所以無法博得考官的讚賞，失敗是自然的。

還有人推測，蒲松齡性情率真，喜歡浪漫的鬼狐故事，其文風必然受到「異端」「邪說」的影響，儘管其文字技巧無可挑剔，但是過於標新立異，不合八股文的標準，不夠四平八穩，考官讀後恐怕就要大搖其頭了。蒲松齡的好友孫蕙曾給他寫信說：「兄台絕頂聰明，稍一斂才攻苦，自是第一流人物。」話雖不多，卻一針見血地指出了蒲松齡屢試不第的要害。

關於蒲松齡考場失意的原因，語林先生還提出了一個很獨特的見解。他認為蒲松齡是為清朝的文字獄所累，才喪失中榜機會的。原來，順治帝特授意老臣范文程一起在京郊開了家文昌旅店。大張揭帖，聲言凡來店住宿者，只要能不斷對出店主的上聯，不但吃飯不收飯費、住宿不收房錢，臨別還有十兩紋銀奉贈，用意在於網羅並發現人才，為己所用。

蒲松齡剛進此店，范文程就迎上來，張口成聯：「大雨擋行人，誰做相公之主？」蒲松齡放下雨傘，抱拳作揖：「蒼天欲留客，君為在下的東。」范文程微笑頷首，讓進客人，高聲喊：「呼小徒，端清茶待客。」蒲松齡毫不客套，帶笑回答：「煩東家，賜美酒洗塵。」於是范文程擺下酒席接風。恰好范文程的表弟從重慶到來，范文程隨即出對：「表弟非表兄表子。」蒲松齡接道：「丈人是丈母丈夫。」范文程又出一聯：「千里為重，重水重山重慶府。」蒲松齡脫口而出：「一人成大，大邦大國大明君。」當晚，范文程對蒲松齡的才能大加讚賞，又送給他十兩銀子。

蒲松齡高興地打道回府，萬萬沒想到范文程卻向順治皇帝告了他的御狀，說他「恃才疏狂，不說聖朝」，理由即是那句「大邦大國大明君」的下聯。「明」正是被清取代的明朝啊。順治本想把蒲松齡收捕入獄，礙於聯對之間，口說無憑，於是決定「永不錄用」。康熙當時已經成年，順治死後，自然「稟遵聖訓」。可惜蒲松齡先生蒙在鼓裏，稀裏糊塗地被壓制了一生。這個說法近似民間傳聞，真實性很值得懷疑。

經過一次次的科場失敗，回首「蕭條無成」的趕考之路，年過花甲的蒲松齡這才明白了「豈為功名始讀書」的道理。他的夫人劉氏也趁機勸他說：「君勿須復爾！倘命應通顯，今已台閣矣。山林自有樂地，何必以鼓吹為快哉？」蒲松齡這次聽從了夫人的規勸，當下斷絕了去考舉人的念頭。從此再不為那些功利誘人的八股文絞盡腦汁，只管一心一意坐在聊齋南窗下面去寫他的書了。

作為蒲松齡來說，腹中積有如此才學，苦熬四十餘年居然沒有考上舉人，也許這是他終生的最大遺憾。但是他在文學上的成就勝過了無數的舉人、進士和狀元，沒有人還記得那些八股文大師，卻永遠地把蒲松齡印在了心裏。

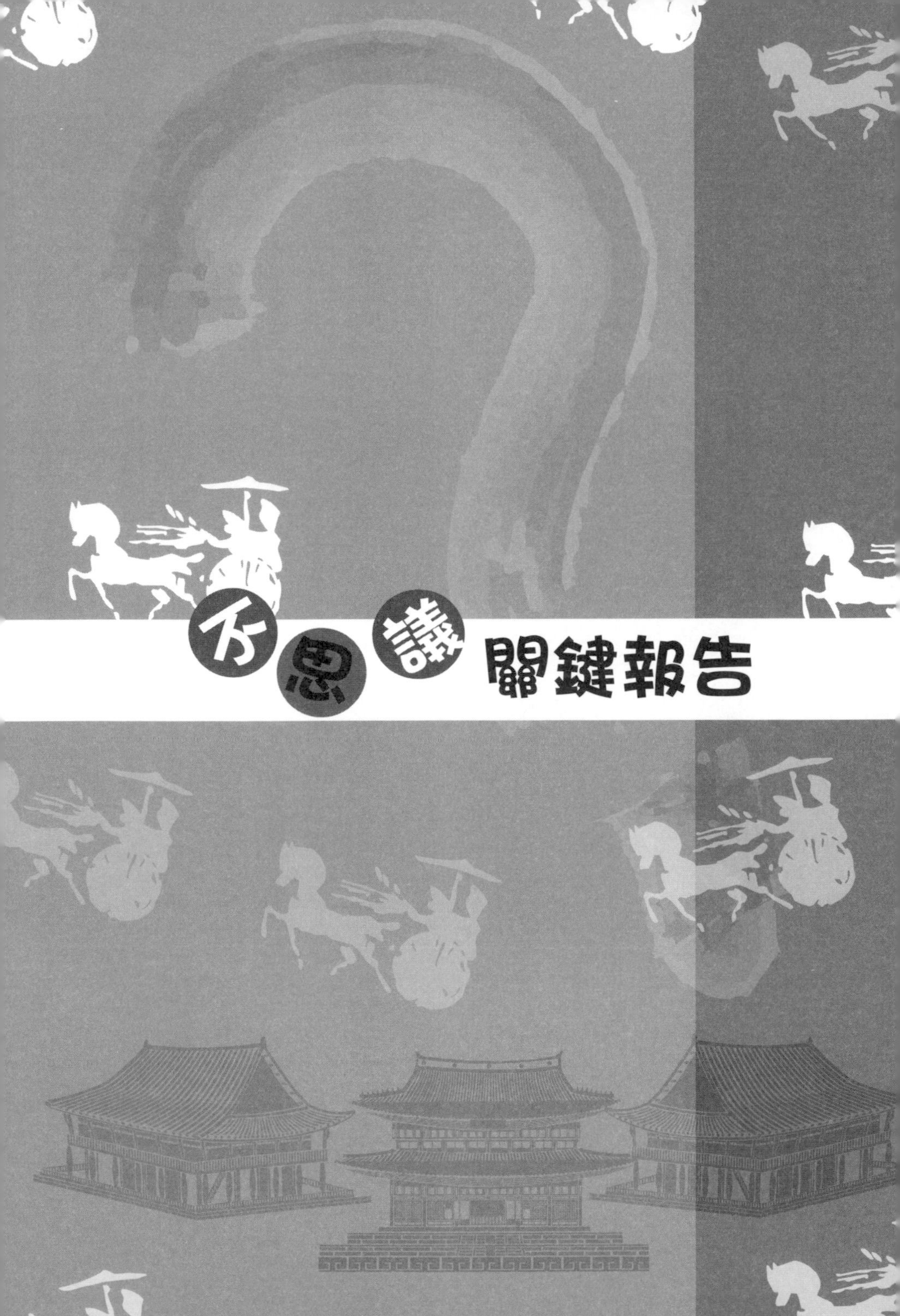

不思議
關鍵報告

外星人大入侵？戰神蚩尤之謎

蚩尤，為黃帝時期的一位諸侯。傳說中，蚩尤橫暴作亂，不從黃帝的統領，在阪泉之野與黃帝交戰，敗而亡。

傳說，距今五百多年前，在中原的涿鹿發生了一場驚天地泣鬼神的殊死大戰。一方是被今人奉為中華民族祖先的黃帝及與之聯合出兵的炎帝，另一方則是長相怪異，身世神秘，不知來自何方的蚩尤。

這場大戰，直殺得天昏地暗、鬼哭神嚎。黃帝先以虎、豹、熊、羆做先鋒，鋪天蓋地衝了上去，接著又截斷了江河，準備把蚩尤淹死，而蚩尤卻毫不畏懼，挺身而立，並請來了風伯、雨師，刮起了狂風，下起了暴雨，阻止黃帝進軍。黃帝一看蚩尤這樣神通廣大，難以取勝，就派來玄女、旱魃前來助戰。只聽旱魃大喊一聲：「魃！」頓時，陽光普照，烏雲無影無蹤，大雨驟然停止；玄女一敲皮鼓，震天動地，聲震五百里，蚩尤被震得魂不守舍，暈頭轉向。蚩尤眼珠一轉，忙又做起了瀰天大霧，揚起了飛沙走石，使黃帝的大軍迷失方向，分不清敵我，自相攻打，蚩尤趁機逃跑。

蚩尤以為做霧是取勝的法寶，再次作戰時便又洋洋自得，做起霧來。哪承想，黃帝聰明異常，早已按北斗星杓指示方向的原理，製成了指南車，在迷霧中仍能找準方向，於是直搗蚩尤的大本營。結果，出其不意地捉住了蚩尤，將他殺死，使之身首異處。

自此，黃帝統一了中原。華夏子孫在這片大地上繁衍生息，世世代代，一直到今。

人們常說：「勝者王侯敗者賊。」可是，蚩尤戰敗被殺之後，不但沒遭到鄙視、唾罵，相反地，卻被歷代帝王和民間百姓尊奉為「兵主」、「戰神」，頂禮膜拜。這使現代的人們不禁產生了極大的疑問：蚩尤究竟是人？是神？是怪物？還是……種種謎團令人費解。

近來，又出現了一個大膽的假說，認為蚩尤是一台智慧型機器人，涿鹿之戰是有天外來客參戰的星際戰爭，這給本來難解之謎，又增添了幾分神奇色彩。

古書上記載，蚩尤的長相極為奇特，是個銅頭、鐵額、人身、牛蹄、四隻眼睛、八個腳趾、頭上有角、耳鬢像戟、身上還有翅膀，能飛空走險，能吞沙咽石，能說人言的怪物。這樣看來，它的骨骼和外殼都應該是金屬製造的了。頭上長角，是不是天線呢？四隻眼睛，是不是光學測管？八個腳趾，應該是運行裝置，可進退自如。食沙吞石，大概是在採集礦石，就地化驗、熔煉？有翅膀，當然可以起飛和降落。這麼看起來，蚩尤豈不是個超級智慧型機器人？

《世本・作篇》說：「蚩尤作五兵：戈、矛、戟、酋矛、夷矛。」《管子・地數篇》說，他們用葛盧山流出的金屬水，製成了劍、鎧、矛、戟，又用雍狐山流出的金屬水，製成長戟、短戈。但近代考古學家在資料和實物上，根本找不到充分的證據，令人百思不得其解。

經考證，在許許多多的古代文化遺址中，僅有兩處與煉銅有關。一是與蚩尤大體相同年代的山東龍山文化遺址，挖掘出一些煉銅渣和孔雀石一類的煉銅原料，但卻沒有銅製兵器。二是河南二里頭文化遺址，發現有青銅兵器，但經過碳十四測定，這些兵器應該是夏朝的東西，那是距蚩尤以後一千年的事了。而蚩尤不但有大量兵器，且能用於大規模的實戰，這是當時地球人能擁有的麼？

黃帝一方雖然兵多將廣，但都是肉體凡胎，使用的是木棒石塊，當然對付不了拿著閃光晶亮的戈矛的蚩尤一方。而且作為智慧型機器人，蚩尤呼風喚雨，撥雲作霧，是當然的本領。黃帝欲戰而勝之，只得請外援——「天外來客」助戰。「玄女」鳥首人身，「應龍」則是一條有翼的龍，或許就是一艘太空船吧。他們發出的喊聲、鼓聲可能是某種電波或聲波，干擾、破壞了蚩尤的通訊系統或控制系統，蚩尤才戰敗被擒。蚩尤死後，人們在山東壽張和巨野為他建了兩座墳墓，都達七丈高。他的墳頭上常有赤氣冒出，像一匹絳色的帛，有如他活著的時候飛起或落地時尾部噴出的紅焰，人們稱之為「蚩尤旗」。

這是不是它的天外夥伴在收拾殘骸，研究失敗原因，尋找「黑盒子」之類的遺物呢？《絡史後記》對蚩尤之死，用了一個「解」字。《述異記》記載，涿鹿戰場上的冀州人挖掘出的蚩尤骨「如銅鐵」，還說：「今有蚩尤齒，長二寸，堅不可碎。」說「今有」，表明作者所在的時代

（南朝・梁）此物尚存。推想開來，蚩尤的骨頭應該是類似於銅鐵卻質輕如骨的高級合金，它的骨骼是一付多功能的機械裝置，它死了，身首異處，即是被分解拆卸開了。可見，在當時人們的眼中，蚩尤並不是一具可朽可腐的血肉之軀，而是代表著一種強大的、神秘的、超自然的力量。

據說蚩尤死後，天下又動亂起來。黃帝並不聲張自己的聲威，反而教人畫許多蚩尤的畫像，到處張貼，居然換得「萬邦弭服」，天下又太平起來了。

威名遠揚的秦始皇、漢武帝東遊齊地，祭祀「八神主」，都把蚩尤列名為第三位敬奉。漢高祖劉邦起兵之時，先在家鄉祭祀了黃帝和蚩尤；取勝之後，偏偏冷落黃帝，將蚩尤祠遷到京都長安。

宋太宗趙光義征河東，於出京前一日，專門祭祀蚩尤一番。

至於在民間，大江南北，遼闊土地上，到處都有蚩尤祠、蚩尤廟。蚩尤的子民遍天下。據說，蚩尤死後，所棄的腳鐐手銬長成了楓木，苗族人祭奉自己的祖先神「剖尤」、「尤公公」、「楓神」，當然是對蚩尤的紀念。

深埋地下的「謎」宮

秦始皇陵之謎

秦始皇陵，在今陝西臨潼城東五公里的驪山北麓。其形為一夯土陵丘，高七十六米、底四八五米，周長二五二五點四米。歷年來，在其附近發現了大量的文物。尤以兵馬俑為多。秦始皇陵至今仍未開掘，其中秘密仍未洞曉。

中國歷代帝王都有建築陵寢的傳統。按封建禮制規定，從他登基之日起，為自己建陵的工程就開始了。

一代一代的帝王們，都相信人是有靈魂的。人死後靈魂不滅。他們生前過著花天酒地的生活，死後也讓靈魂繼續享受榮華富貴。這些陵寢就是帝王們靈魂的最後歸宿。所以，許多陵寢都成了地下的宮殿、死後的天堂，不但棺槨的製作異常華麗奢靡，而且陪葬的器物也都是奇珍異寶。這些陵寢的地面部分也修建得雄偉壯觀。秦始皇掃六合，統一中國，自稱「始皇帝」，在位三十七年，聚斂了天下數不盡的財富，因此，他的陵墓就成為中國歷代帝王陵墓之最。其規模之大，陪葬之多，工藝之精，機關之奇，都是空前絕後的。

秦始皇陵歷經三十七年建成之時，呈現一派氣象萬千的景象。在驪山北麓，聳立著一座高大巍峨的土丘，土丘周圍是一座座金碧輝煌的宮殿，四面是氣勢恢宏的城牆，城牆的四面城門上有威嚴的闕樓，城牆的四角有壯麗的角樓。土丘下面埋葬著秦始皇和數不盡的珍寶。

秦始皇陵占地五十六點二五平方公里，有外城、內城、寢殿、珍獸坑、馬廄坑、俑坑等等。這裏的設施和用具，跟現實社會一樣，應有盡有，安排十分周密。這麼龐大的陵墓工程，役使的人工難以計算。據史書記載，修陵高峰時期，一次最多徵發七十三萬人，比古今中外歷史上修建的任何一座帝王陵墓所用的勞力都要多。

修建陵墓的石料用量驚人，成千上萬的人從渭河北面的山上把石料運到打石場。據說運石料的人馬使渭河都斷流了。打石場面積有七十五萬平方米，上萬支鐵錘、鐵鏨鑿擊石材的響聲震耳欲聾。

修建陵墓的土方也用量奇多，僅秦陵南面的一條叫「五嶺」的護陵堤就長三千五百米，寬四十米，高二至八米。土方量達上百萬立方米。還有一處叫作「魚池」的取土坑，周圍達四里，上千年來，積水成窪，至今不枯。試想，烈日炎炎，黃沙撲面，在方圓百里的廣闊平原上，幾十萬人赤身裸體，蓬頭垢面，甚至帶著鐵鐐，用最簡陋的工具，挖呀、鑿呀、運呀、扛呀……年復一年，日復一日，這是一幅多麼慘烈的畫面！

最令人驚異的是，秦始皇陵是「以水銀為百川、江河、大海」的，經現代先進方法測試和推算，墓穴內水銀藏量為一百噸左右，這麼多的水銀需一百一十六噸丹砂提煉而成。這麼多的水銀從哪來的呢？考其來源，為公館洵陽、山陽、略陽一帶的汞礦。《史記》記載，有個巴蜀寡婦清，數世開辦汞礦，她的「公館汞礦」竟是一處長達百餘里的特大汞銻礦床，其藏量列全國第三位。而這個礦幾十年開採的水銀只能夠秦陵需用的一部分。

這一百噸水銀，還要由精心設計的機械攪動著使之奔流不息，以便讓墓內瀰漫著高濃度的汞蒸汽，既能使屍體和陪葬品長久保持不腐，還能毒死膽敢進入地宮的盜墓者。

秦始皇棺槨更是極其奢華。以出土的曾侯乙墓做比照：曾侯乙墓的槨室，是用三百八十立方米的木材壘成，主棺是兩層套棺，製作考究，「外棺」周圍用廿二根重三點二噸的銅材構成框架，再嵌以厚木板，拼成完整的棺身、底和蓋。槨室的內部隔成四室；東室為「正藏槨」，即放置墓主人之棺的主槨，其他各室為「外藏棺」，有的放禮樂器，有的殉人，有的置車馬器和兵器。據推測，秦始皇陵的棺槨肯定比曾侯乙墓的棺槨更大、更華麗、更有氣派。

據說，秦始皇陵地宮裏，用「人魚膏」為燭。這「人魚膏」就是鯨魚的脂膏。據科學家推算，如用鯨腦油製成蠟燭，一立方米的鯨油可以燃燒五千天。它的耗油少、燃點低、不易滅的特性，用作照明肯定可以保持長久。但是，按現代科學來看，在隔絕空氣的條件下，讓這些「長明燈」永不熄滅是肯定辦不到的。

為保護陵寢中的大量寶物，秦陵地宮中還設有重要機關。據《錄異記》記載，有個盜墓賊在掘一古塚時，「石門剛啟，箭出如雨，射殺數人。投石其中，每投，箭輒出。投十餘石，箭不復發，因列炬而入。至開第二重門，有木人數十，張目運劍，又傷數人。復進，南壁有大漆棺，懸以鐵索，其下金玉珠璣堆積，眾懼，未即掠之，棺兩角忽颯颯風起，有沙迸撲人面，須臾風甚，沙出如注，遂沒至膝，眾驚恐走。比出，門已塞闔。後人復為沙埋死」。雖然這盜墓賊死裏逃生，但嚇得再也不敢盜墓了。據說，秦陵中的機關比上述的更複雜，更精巧，更厲害。據考證，僅其中的弩弓的射程就為八三一點六米，張力則超過七百三十八公斤。如果這樣的弩弓一個個連接起來，自動叢射或連發，箭矢如雨，誰還敢入！

據史書記載，秦始皇陵曾遭到過五次大洗劫。其中大規模盜掘和破壞者有西楚霸王項羽、五胡十六國時後趙國君石虎，及唐末農民起義軍首領黃巢。但據考證，地宮裏的寶物並沒有被盜走，只是地面上的陵寢建築被項羽一把火燒了個精光。

秦始皇陵歷經兩千年，如今，只有一座深埋地下宮殿的巨大土丘屹立於曠野之中。這獨一無二的皇陵究竟有怎樣的迷離和神秘，仍然使人迷惘。

神鬼傳奇不死勇士

秦兵馬俑之謎

一九七四年，在陝西臨潼縣西楊村，距秦始皇陵東側一點五公里的一片荒原上，考古工作者發掘出了被稱為「世界第八大奇蹟」的秦代大型地下兵馬俑軍陣，引起了世界性的轟動。這些如同真人真馬的陶俑陶馬依次排列在三個俑坑中，共八千件。陶俑身材高大，約一點八米左右，容貌不一，神態各異，整裝待發；陶馬則昂首肅立，肌肉豐滿，裝備齊全，栩栩如生。還有一百三十多輛戰車及大量的銅兵器，金、銅、石飾品等。

秦兵馬俑陶人陶馬和青銅兵器的精良和完美令人嘆服，它是一個人間奇蹟，也是一個難解之謎。它是讓許多人困惑了多少代都沒有找到答案的一團謎，比如它們為何沒有統帥俑？

這些陶俑無論是步兵、弩兵、騎兵、車兵，都屬武士俑，並不見統帥俑。這是為什麼呢？有人認為，可能是按秦制，每次出征前由秦王指令，一名將帥任統帥。而修建作為指揮部的三號坑時，將帥還未任命，工匠們不敢隨意塑一位做統帥。虎符正掌握在秦陵地宮中的秦始皇手中呢。還有人認為，也可能是因為秦始皇是秦軍最高統帥，為維護皇帝的絕對權威和神聖尊嚴，不能把秦始皇的形象塑在兵馬俑坑之中。這兩種說法，都是猜測而已，並無定論。

其二，兵馬俑為何被焚毀？

發掘兵馬俑時，考古工作者發現，一、二號俑坑的木結構幾乎全部被燒成炭跡或灰燼，陶俑和陶馬耳上的彩繪顏色經火烤大都脫落，有的青灰色陶俑被燒成了紅色。俑坑經火焚後全部塌陷，陶俑和陶馬被砸，有的東倒西歪，有的身首異處，有的頭破腹裂，有的臂斷腿折，有的斷成數段，有的成為碎片，完整的很少。

俑坑的火是誰放的呢？後人推測有三種可能，一是秦人自己點的火，以燒毀祭墓物品及墓周的某些建築，使死者靈魂將此帶去陰間享用，即所謂「燎祭」。但是，如果真的是出於古代的喪葬制度和民間風俗習慣而焚毀掉，為什麼只燒一、二號坑而不燒三號坑呢？假如真的是秦人自己燒的，那麼肯定從建成到焚毀的間隔時間不會太久。可是據考古發掘來看，俑坑底下浸地磚上普遍都有十幾層的淤泥層，這種淤泥層絕不是四、五年能夠形成的。

二是秦兵馬俑可能是被項羽率領的軍隊焚毀的。據《漢書》、《史記》、《水經注》等史籍記載，燒秦宮室，火三月不滅。但上述史書中，並沒有一個字明確記述項羽軍隊焚毀秦兵馬俑之事，甚至連秦兵馬俑的字樣都沒提到。因而，把燒兵馬俑的罪過加在項羽的頭上，只能是後人的猜測罷了。

三是兵馬俑坑中的火是因為坑內的陪葬物等有機物腐敗產生沼氣，自燃而造成的。但是，同樣的俑坑，同樣的環境條件為什麼只燒了一、二號坑，而三號坑卻沒有起火呢？這也沒有科學的根據。

其三，陶俑製作之謎。

兵馬俑坑中的陶俑和陶馬均是泥製灰陶，火候高、質地硬。經觀察，沒有發現模製跡象，肯定是一個個的雕塑而成。陶俑、陶馬身上原來都繪有鮮豔的顏色，因俑坑被毀，加上長期埋於地下，顏色幾乎全部脫落。但從局部留的顏色仍可窺見顏色的種類繁多，有綠、粉綠、朱紅、粉紅、紫藍、中黃、桔黃、純白、灰白、赭石等。各種色調和諧、豔麗，更增添了整個軍陣的威武雄壯。這些陶人陶馬在暗無天日的地下掩埋了二十多個世紀，出土後，仍然保持了色澤純、密度大、硬度高的特點，以手敲擊，金聲玉韻，真是達到了「爐火純青」的境界。當代的製陶工藝大師經過十多年的努力，至今僅能仿造一些簡單的陶人。他們想要複製陶馬，反覆試驗竟無一成功。秦代這種傑出的泥塑工藝和製陶工藝，使後人佩服得五體投地。但它的技術、配方都失了傳，成了謎。

其四，青銅劍鑄造之謎。

從二號坑出土的青銅劍，長八十六釐米。劍身上有八個稜面，極為對稱均衡。十九把青銅劍，誤差都不到十絲。它們歷經二千年，從地下出土，都無蝕無鏽，光潔如新。用現代科學方法檢測分析，這些青銅劍表面竟塗有一層厚約一點一百公釐的氧化膜，其中含鉻百分之二。這一發現立即震動了世界。因為這種鉻鹽氧化處理是一種近代才掌握的先進工藝。據說德國在一九三七年、美國在一九五〇年才先後發明之，並申請專利，而且，它只有在一整套複雜的設備和工藝流程下才得以實現。秦人的鑄造水準之高，真是不可思議。

尤為值得稱道的是，這些青銅劍的韌性也是異常驚人的。有一口劍，被一具一百五十公斤重的陶俑壓彎了，彎曲度超過四十五度。當陶俑被移開的一瞬間，奇蹟發生了，青銅劍反彈平直，自然還原。這精湛的鑄劍技藝，令人瞠目結舌，這也是一個難解之謎。

圍繞兵馬俑的謎團不勝枚舉，將來，隨著科學的進步，考古的深入，將會逐漸找到答案的。

超寫實世界名畫 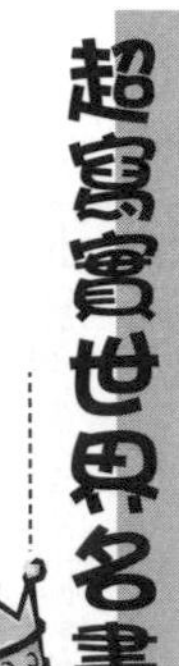 《清明上河圖》之謎

張擇端，生卒不詳，北宋畫家，繪有傳世之作《清明上河圖》。其曾在朝廷供職翰林圖畫院，專工「界畫」，尤擅繪舟車、市肆、橋樑、城郭。其千古留芳之作《清明上河圖》描繪的即是汴京近郊社會各階層的生活景象。公推此作為極具歷史、藝術價值的風俗畫。

《清明上河圖》是故宮博物院眾多收藏中的極品畫作，它是宋代張擇端創作的。《清明上河圖》以汴河為典型環境，描繪出當時各色各樣人物活動和建築、工具等人世風物，具有寶貴的歷史價值。

畫卷展開，人們的視線隨著一條寬寬的河流進入了畫面，這條河就是當時為汴梁提供漕運，供應城市生活必需品的汴河，河上舟來船往運輸繁忙，沿河還有許多糧倉。靠岸的船隻，搭著跳板，正在卸貨。畫家非常敏銳地注意到汴河上這一十分常見的景象，用寫實的畫筆，將這些場景真切、如實地描繪了下來。滿載貨物的船隻吃水很深，水面幾乎已經接近船幫，而已卸完貨的船隻，則吃水較淺，這一細節被畫家捕捉到，很好地表現在畫面上，使得內容豐富、生動，具有極

強的真實感。

畫家以周密的觀察力為基礎，對北宋汴梁城的城門和大街，對門外汴河上的繁華景象，做了忠實而詳盡的描寫。畫面上有街市上的各種商業活動、手工業活動、河上的漕運活動、各類人的遊覽活動等。除了酒樓、藥鋪等大型店鋪外，還有香鋪、弓店，處於十字路口小茶鋪或酒鋪，還有門前掛著「解」字招牌的當鋪，做車輪的木匠，賣刀剪的鐵匠，有賣花的、算命的以及各種攤販等均可一一辨認，街道上活動著各種人群，官員騎馬，侍者前呼後擁，在人叢中穿過；有的婦女們則坐了小轎。在如此熙熙攘攘之間，有人挑擔，有人駕車，車子的樣式也不盡相同。河上有人駛船，有人遊逛，有的在門口憑欄眺望。

這熱鬧的光景，畫家安排得有條有理，雜而不亂，引人入勝，古都風貌，再現眼中。從構圖上，有總有分，有主有次，有細有粗，有緊張有鬆弛。以村郊、河道、城市為主，逐漸鋪開，很有層次，村郊是引子，比較簡略。進到河邊時，便著力描寫船舶貨運，直到拱橋，形成了第一個高潮。橋上橋下，船上船邊，人們手忙腳亂，喧鬧嘈雜，十分緊張，過後漸漸轉遠，結束了中心最重要的一段。從酒樓和橋起，大街直通城內，各種車輛、店鋪、各色人等，一步擠一步，一處緊一處，形成第二個高潮。從進城到第二條街，畫卷終止。

畫面描繪最為熱鬧的地方，就是橫跨汴河的那座木結構的拱形橋。關於這座別致的橋梁，宋代孟元老在《東京夢華錄》一書中曾記載：「其橋無柱，皆以巨木虛架，飾以丹雘，宛如飛虹。」類似的橋梁當時在汴梁一共有三座，即虹橋、上土橋和下土橋。這幾座橋最大的特點，就是用巨木構架，互相支撐，橋下沒有柱子，橋的跨度很長，橋洞的淨空很大，便於船隻通行。有關這種橋的建造方法已經失傳，現在我們僅僅依靠畫上所描繪的圖樣，才得以知曉古代能工巧匠的高超智慧。

畫家圍繞這座橋，充分施展了自己的繪畫本領，將橋上橋下的場景和人物活動做了全景式的描繪。表現最為精彩的部分，是圍繞橋下正要逆水而上的一條木船。這裏是河面比較狹窄的一段河道，河水較為湍急，船上的船工怕有危險，都站在船甲板上、船篷上緊張地忙碌著、叫喊著。橋上甚至還有些熱心者不顧自己的安危，跨越到拱形橋的欄杆外，一手拉住欄杆探出身子，大聲喊叫，揮舞另一隻手，居高臨下，就像現在的交通警察似的，指揮著船隻順利通過。畫中的人物大小僅寸許，但是神態畢現，極為生動。看著畫面，就好像身臨其境一樣，也會產生緊張的感覺。

在橋上，聚集著眾多的小商販，在爭相招攬顧客，幾乎將橋面的步行道都占滿了。其中，畫家安排了一個小小的細節：橋堍的左右兩邊各有一個攤位，兩個攤主看到一位顧客走上橋來，便同時伸手招呼，請顧客到自己的攤位上來選購東西。而那位顧客則左顧右盼，身子朝右，頭卻向左望去，不知所從。如此精彩的生活細節，是每個人在購物時都碰到過的，看到這裏，必定能發出會心的一笑。

很多人都認為，這幅洋溢著勃勃生氣的風俗畫描繪的是在清明節這一天，城郊人民的種種活動。的確，畫面上描繪了一些清明節的風俗特徵，如上墳、探親、轎上插柳枝、大店鋪裝飾了「彩樓歡門」等。但是，《清明上河圖》中的「清明」指的是「清明時節」嗎？有細心的觀畫者發現，畫中所描繪的不少景物並不符合清明的時令。

畫面上，農家短籬內的茄子，趙太丞家門口枝葉茂盛的垂柳，這些都不可能是清明時節的事物。而且畫上有不下於十個持扇子的人物形象，在宋代，除個別上層人物有可能用扇「便面」外，一般群眾持扇應該說是夏秋季節用於驅暑、驅蚊，如果這畫卷畫的是清明時節，那麼他們持扇子的必要性就不大了。草帽、竹笠在畫面上出現的頻率也很高。草帽、竹笠是避暑、遮雨的東西，圖中並沒有下雨，那麼是遮陽用的，可是清明節的太陽怎麼可能像夏日那樣毒辣呢？圖中景物還有攤販桌上切開的西瓜，有光著上身在街頭嬉戲的兒童，這些都不是清明時節的徵象。

這裏的「清明」一詞，是不是另有涵義呢？明代董其昌《容台文集》認為張擇端新作是「南宋時追慕汴京景物，有西方美人之思」。意思是說靖康之變後，畫家流亡南宋，回首北望，勾起國恨家仇，此時此地追慕故國風物，寄託著深沉的哀思。如果是這樣，那麼「清明」一詞便不是實指「清明時節」，而是對舊都汴梁的一種憑弔和緬懷。

東方「金字塔」——西夏陵園之謎

西夏是黨項族建立的封建政權，在西元一〇三八至一二二七年的一百九十年中，先後跟北宋、南宋相對峙。根據考古工作者在一九二七年至一九七五年，對王陵中第八號陵墓發掘所獲得的文物資料，結合有關史書中的記載來看，可以知道西夏王國具有嚴密的政治制度、比較完備的法律和獨樹一幟的西夏文字，是西北地方一個比較強大的封建王朝。

西夏陵園是寧夏得天獨厚的文化遺產，是西夏王朝的象徵。如果將其復原，在景觀和規模上，絕不比中原帝王陵園遜色。然而，我們今天所能看到的只是一派破敗荒涼的景象，到處是殘垣斷壁，破磚敗瓦。

來到陵區，遍地都是瓦礫，殘壁斷垣四處可見，可以感到整個神秘王國歷史的蒼涼。地表上道道溝坎縱橫交錯，這些不大深也不很寬的洪溝裏，生長著北方所特有的酸棗樹，樹冠不大，但都有厚實油亮的綠葉，生命十分旺盛。它們像一條條綠色的絲帶，疏密相間地交織在方圓五十多平方公里的陵區，網路著那一座座高大突兀的陵墓。

在西夏陵區，大大小小的陵墓約二百多座，放眼望去，用黃土夯成的大小山包看不到邊，這就是被中外遊客驚嘆的「東方金字塔」、「夢幻裏的中國金字塔」。目前，西夏陵園內最為高大的建築是一座殘高廿三米的夯土堆，狀如窩窩頭。仔細觀察，它的形制是八角，上有層層殘瓦堆砌，達五層之多。有的專家推測，在它未破壞前，是一座八角五層的實心密簷塔。但對這種陵塔為什麼建在陵園內，它起什麼作用，很少有人能說得清楚。至於這座陵墓又為什麼建在陵園的西北角，學術界各執一詞，不見分曉。

學術界比較多的一種說法是：高大的陵台擺放在西北端，主要是受黨項人原始宗教思想支配所致。西夏人崇尚佛教，佛塔在陵園內不可缺少。既然佛塔是釋迦牟尼埋骨藏灰之所，肉體凡胎就不能埋在塔中，以表示對佛的景仰。但現實生活中的皇帝，為萬民的父母，是上天派遣下來管理老百姓的，是天子，把死後的先王埋在塔下也有不恭。西夏人做了兩全齊美的處理，移陵台於側，皇帝的遺體葬在佛塔的旁邊，也正好在陵區的中軸線上，正好體現皇帝的權威。

真是無獨有偶，西夏王國不光有雄偉高大的金字塔，還有一個和埃及金字塔旁邊獅身人面像相媲美的精美石雕。一八九九年秋天，在西夏王陵考古史上規模最大的一次搶救性發掘中，一尊人面鳥身、雙臂殘缺的精美石雕像——迦陵頻伽首次出土。考古專家認為，迦陵頻伽可以與古埃及尼羅河畔獅身人面像、古希臘的殘臂維納斯相媲美。

凡是參觀過西夏王陵的遊客，除了充分領略西夏的風格以外，仔細一想，都會覺得有許多問題像謎一樣留存於腦海，難以求得解答。

第一個問題是，八座西夏王陵為什麼沒有損壞？王陵的附屬建築都已毀壞了，但以夯土築成的王陵主體卻巍然獨存。根據年代推算，最早的一座王陵距今約九百年，最晚的一座也超過了七百年，如此漫長的歲月，許多磚石結構的建築已經由於風雨的侵蝕而傾毀倒塌了，更何況是夯土建築。有人認為是王陵周圍原有的附屬建築保護了王陵主體，使它免受了風雨的侵襲。可是那些附屬建築有的早已不存，很難說它們起了保護王陵主體的作用。有人認為王陵在賀蘭山東麓，西邊的賀蘭山就是王陵的一道天然屏障，為它們擋住了西北風的侵襲。可是王陵主體和附屬建築同樣都在賀蘭山的屏障之下，為什麼附屬建築都已毀壞而王陵主體卻安然無恙呢？

第二個問題是，王陵上為什麼不長草？賀蘭山東麓是牧草豐美之地，西夏王陵的周圍也多是牧民放牧牛羊的好地方，可是惟獨陵墓上寸草不生。有人說陵墓是夯土築成的，既堅硬又光滑，所以不會長草。可是石頭比泥土更堅硬，只要稍有裂縫，落下草籽，就能長出草來，陵墓難道連一點兒縫隙也沒有嗎？有人說當年建造陵墓時，所有的泥土都是薰蒸過的，失去了使野草得以生長的養分，所以長不出草來。可是薰蒸的作用能持久到將近千年嗎？陵墓上難免有隨風刮來帶有草籽的浮土，這些浮土是未經薰蒸的，為什麼也不長草呢？

第三個問題是，王陵上為什麼不落鳥？西北地方人煙比較稀疏，鳥獸比人煙稠密地區相對要多一些，尤其是繁殖力較強的烏鴉和麻雀，遍地皆是。烏鴉落在牛羊背上，落在樹上和各種建築物上，麻雀更是落在一切可以讓牠們歇腳的地方，可是牠們惟獨不落在王陵上。有人認為王陵上光禿禿的，沒有什麼可吃的東西，所以不落鳥類。可是有些光禿禿的石頭或枯樹枝上，也沒有什麼可吃的東西，為什麼常會落下一大群烏鴉和麻雀呢？難道鳥類也知道封建帝王具有權威而不敢隨便冒犯嗎？

第四個問題是，西夏王陵的佈局有些令人不解。王陵按照時間順序，或者說帝王的輩分由南向北排列，但是每座王陵的具體位置的安排，似乎又在體現著什麼事先設計好了的規劃。如果從高空俯視，好像是組成了一個什麼圖形。有人說那可能是根據八卦圖形定的方位，也有人說那是根據風水安排的。可是最早一個國王的逝世到最後一個國王的逝世，時間相差近二百年，怎能按照八卦來定方位呢？事先誰能估計到西夏王國要傳八代王位呢？再說，西夏是黨項人建立的政權，黨項是古羌族的一支，難道他們也崇拜八卦和相信風水嗎？

由於目前對西夏歷史和文化的瞭解還相當有限，所以人們還沒有尋找到開啟這些謎團的鑰匙，只好讓王陵守著它的秘密，在沉默中繼續等待。

一代蒼狼
成吉思汗陵墓之謎

成吉思汗（一一六二～一二二七），名鐵木真，即元太祖，古代蒙古將領、軍事家、政治家，其統一蒙古諸部，於一二〇六年被推為大汗，建立蒙古汗國。制定了一系列的政治、軍事、法律制度，開始創制文字。一二一九年起，其率蒙古鐵騎數次西征，滅了花剌子模，打敗了欽察聯軍，版圖擴展至中亞和南俄。一二二六年在攻西夏時病故。元朝建立後，追尊為元太祖。

著名的成吉思汗陵，坐落在今內蒙古鄂爾多斯市，伊金霍洛旗新街鎮東南十五公里的甘德爾敖包上，占地面積達五萬五千多平方米。這裏碧草如茵，繁花似錦，充滿詩情畫意，矗立於此的陵墓呈蒙古包式的大殿，巍峨雄偉，雍容大方。傳說中的成吉思汗和他的三個皇后、兩個胞弟、第四個兒子拖雷和夫人的靈柩就停放在這裏。不過，成吉思汗陵與其他帝王陵寢有別，它並不是真正的陵墓。不僅成吉思汗本人，就是元代所有的帝墓也都一樣。他們究竟葬在何處，至今還是一個難解的謎。

據說，成吉思汗西征之前，曾經在鄂爾多斯這塊肥美草地上休整蒙古大軍。成吉思汗放眼四望，只見無垠的草原一望無際，遠處的天空燃燒著色彩斑斕的晚霞，近處成群的高大戰馬和蒙古包組成氣勢磅礴的畫卷。戰馬在耳邊嘶鳴，小鳥在歡快地歌唱，草原春光明媚，一派美麗的風光。成吉思汗一生四處征戰，難得有時間陶醉在迷人的景色之中。忽然間，他想到了自己的後事，沉思了很久之後，他以無限讚美的口氣說：「這個地方太美了，死後就把我葬在這裏吧！」就在蒙古大軍西征的第二年，即西元一二二七年七月，成吉思汗病死於六盤山南麓清水（今甘肅清水），終年六十五歲。按照他生前的願望，他的遺體就由諸王和那顏千里迢迢地運到這裏安葬。

十三世紀，蒙古人有自己獨特的喪葬習俗，其特點是不同於中原漢族的厚葬久喪，而是薄葬簡喪。蒙古人是生活在草原上的游牧民族，他們沒有固定的居所，因此生活方式比較簡單實用。喪葬儀式也是這樣簡單：下葬時，他們讓死者坐在一頂生前用的帳幕中央，隨葬的還有馬匹和擺放著肉乳的桌子，最後放入土中；目的是死者到另一個世界上生活時，有帳墓住，有馬騎，有肉乳吃。元朝建立後，大量蒙古人湧入內地，也漸漸受到漢人習俗的薰染，開始用棺木入葬，但所用棺木與漢人不同。死者入殮後，兩塊棺木合在一起，又成為一棵圓木，然後「以鐵條釘合之」。這種棺木，元時稱為「蒙古棺」，大都城專有經營這種棺木的店鋪。儘管入主中原，蒙古人入殮仍然簡樸如初，壽衣就是平時穿的衣服。入葬時，一般都是秘密地進行。葬後既無塚，也無碑銘墓誌，死者親屬也不舉行喪葬儀式。

不光平常的蒙古人，蒙古貴族，包括皇帝死後，都流行深葬不墳的習俗。據葉子奇《草木子》一書記載，元朝皇帝死後，不用棺槨，也無殉葬品。只是「用木二片，鑿空其中，類人形大小合為棺，置遺體其中」，挖一深坑埋入，不起墳堆。「葬畢，以萬馬柔之使平。殺駱駝子在其上，以千騎守之，來歲草既生，則移帳散去，彌望平衍，人莫知也。欲祭時，則以所殺駱駝之母為導，視其躑躅悲鳴之處，則知葬所矣。」這些說明，蒙古帝王葬後都有滅跡、不留墳丘的習俗。

成吉思汗死後，麾下臣子遵照他的遺命，不發喪，也不舉哀，他們秘密地把靈柩送回漠北。皇帝棺木秘密送至墓地後，下葬深埋，然後萬馬踏平墳地，不留任何痕跡。不建陵台、碑亭，不修神道、高牆，也沒有石人、石獸。為了不洩露靈柩的去向，護送靈柩的部隊將一路所遇人畜全部殺死。到目的地後，蒙古宗王、后妃、親屬、臣僚為其舉行了隆重的哀悼儀式。由於弔唁的人太多，加之有些部落地處偏遠，直到三個月後，還有人陸續前來哀悼。顯然，無論是成吉思汗，或是元朝皇帝，都保留傳統蒙古的喪葬習俗。蒙古的秘密埋葬死者的習俗，是成吉思汗與元帝陵墓至今下落不明的主要原因。

關於成吉思汗及元代皇帝的葬地，儘管史籍有不同的說法，但是都認為，從成吉思汗開始，蒙古大汗和元朝歷代皇帝都埋葬在同一個地方。而且，諸帝的葬儀也大致相同。《史集》上有記載，蒙哥汗（元憲宗）死於四川攻宋前線後，他的兒子阿速帶斡忽勒親自帶著父親的靈柩，把他運送到了斡耳朵（宮帳）。在四處斡耳朵輪流為他舉哀：第一天在忽禿黑台哈敦（皇后）的斡耳朵中，第二天在忽台哈敦的斡耳朵中，第三天在這次隨同他出征的出卑哈敦的斡耳朵中，第四天則在乞撒哈敦的斡耳朵中。每天將靈柩放到另一斡耳朵的座上，眾人對他放聲痛哭哀悼。然後，他們把蒙哥葬在被稱為也可忽魯黑的不兒罕合勒敦地方的成吉思汗和拖雷的陵寢的旁邊。

成吉思汗與元帝裝殮和隨葬物品較少，也是其墓地不易被發現的一個重要原因。元代帝后的隨葬品很儉樸，不要說和中原的帝王相比，就是和許多富豪、貴族也沒法比。他們裝殮的衣物僅有貂皮襖、皮帽、靴襪等。裝殮後，加用紅黑色油漆刷，外用三道黃金為圈箍定，棺外不加槨。隨葬物品不過「金壺瓶二，盞一，碗碟匙各一」。元朝皇帝的送終方式，可以說是中國皇家葬禮歷史上最儉樸的。元代帝王，自「一代天驕」至他的子子孫孫，鑒於中原各王朝帝陵被盜墓的教訓，實行不留陵墓痕跡的葬制，不僅要節約得多，而且至今還未被人盜掘過。

不過，也有人提出成吉思汗的隨葬品還是有一定規模的。據波斯史學家志費尼在《世界征服者史》一書中說：「挑選四十名出身於異密和那顏家族的女兒，用珠玉、首飾、美袍打扮，穿上貴重衣服，與良馬一道，被打發去陪伴成吉思汗之靈。」說明當時殉葬品中，不僅有馬匹，而且還有人殉的現象。

後世的人沒有搞清成吉思汗和他的子孫葬在何處，心裏是很不滿足的，於是他們便給成吉思汗造了一個想像中的陵園，讓人們來此地緬懷祭奠一代天驕。

壁壘不分明 赤壁之謎

東漢建安十三年（二〇八），孫權與劉備聯軍，依諸葛亮火攻之計，在赤壁大敗曹操數十萬兵馬，曹操借華容道方逃出火海。赤壁大戰是中國古代軍事史上的一個典型戰例。據考，此次戰役的古戰場應是今湖北武昌西赤磯山。

赤壁之戰是東漢建安十三年（二〇八年）七八月間，發生在赤壁、烏林、江陵等地的一場著名戰役。是役，孫（權）劉（備）聯軍大敗北方勁敵曹操，不但創造了以少勝多的戰例，而且奠定了日後魏、蜀、吳三足鼎立的局面。後代文人雅士常以赤壁為題，托物詠志，發思古之幽情，從唐代李白始，迄元朝吳師道止，僅唐、宋、金、元四代，有文章記載的詠史作者就有十四人之多，所做詩、詞、曲、賦中，頗不乏名篇傳世。雖然如此，對於赤壁古戰場的地理位置究竟在哪裡，詩人們似乎也不甚瞭然。

赤壁之戰可以說是中國軍事史上最有特點、最著名的戰役之一。當時曹操有北方軍隊十五萬，加上荊州降兵七八萬，號稱八十萬大軍，占絕對優勢，但曹軍中，北方士兵不習水戰，而識水的荊州兵又軍心不穩，是其弱點。西元二〇八年，孫權的輔臣魯肅向孫權建議與劉備聯合，劉備用魯肅計策，進駐鄂縣的樊口。

曹操將從江陵率軍順江東下，諸葛亮到柴桑去見孫權，共謀合力抗曹。孫權在魯肅和周瑜的堅決支持下，發三萬精兵，交周瑜前往樊口，準備破曹。周瑜進軍，與曹操在赤壁相遇。當時曹操軍中已有疫病，初戰不利，暫駐江北。周瑜在南岸，部將黃蓋說：「曹操將戰船用鐵鏈連在一起，首尾相接，可以用火燒。」於是用十艘蒙沖鬥艦，裝上乾燥的蘆荻和枯柴，浸透油，裹上帷幕，上面樹起旌旗。船尾繫上快船。先給曹操送信，假裝投降。當時東南風急，黃蓋以十艘鬥艦駛在最前面，到江中舉帆，其餘船隻依次前進。離曹軍二里多時，同時發火，火烈風猛，船行如箭，燒盡曹船，火勢一直蔓延到岸上軍營。周瑜等人又率輕銳部隊從後殺來，曹軍大敗。曹操引兵從華容道逃走，道路泥濘，死傷很多。劉備周瑜水陸並進，一直追到南郡。這時，曹操軍隊又因饑餓和疫病，死了一大半，只得北歸。

據說周瑜的妻子小喬不僅玉貌花容，而且才多識廣，知軍機，識兵法，是周郎的賢內助。赤壁大戰前夕，曹操戰船開抵赤壁。周瑜則屯兵三江口，雙方兵馬對峙，戰爭一觸即發。周瑜雖同諸葛亮合計用火攻，可是連等幾天沒有東風，周瑜焦慮成疾，臥床不起。小喬猜透了夫君的病因，忙寫密信差人送到前線，寬慰夫君，為夫君獻策分憂。周瑜展讀，原是一詩：「勝利在望中，君何氣懵懵？妾料諸葛亮，會借東南風。」周瑜大喜。立即起床去請魯肅約會諸葛亮，於是就有了七星壇諸葛借風、甲子日火燒戰船的著名戰役。

就是這麼一場赫赫有名的大戰，至今人們還不能確定它的發生地點。北宋蘇東坡在黃州（今黃岡縣）所做的膾炙人口的《念奴嬌・赤壁懷古》說：「故壘西邊，人道是，三國周郎赤壁」，對於黃岡城外之赤鼻磯，是否就是赤壁古戰場，並沒有明確說明。然而，赤鼻磯的地理位置既不在樊口上游，又不在大江之南，與史書所載不合，並非真正的古戰場。可見，眾口傳訛，使大文豪蘇東坡也墜入五里霧中。

那麼，對於古戰場赤壁的位置，近代的看法如何呢？同樣是撲朔迷離的。

在學術界，關於這個問題也有兩種說法。

一種主張是在今湖北蒲圻縣西北赤壁山，北對洪湖縣龍口烏林磯。唐李吉甫《元和郡縣誌》中說：「赤壁山，在蒲圻縣西八十里，一名石頭關。北臨大江，其北岸即烏林，與赤壁相對，即周瑜用黃蓋策焚曹操舟船敗走處。」

今天大多數學者認為，赤壁之戰的赤壁，應是《元和郡縣誌》所說的赤壁。也就是位於今湖北蒲圻縣西北三十六公里，長江南岸的赤壁山。隔江與烏林相望。赤壁山又名石頭山。相傳由於赤壁之戰時，孫權劉備聯軍，在此用火攻，大破曹操戰船，當時火光沖天，照得江岸崖壁一片彤紅，「赤壁」由此得名。而且，今天在蒲圻赤壁之地確實常有鐵製的兵器出土，如刀、劍、戟、箭鏃等，累計數量竟逾千件之多。赤壁山、南屏山、金鸞山一帶，往下深挖一米，往往也有這一類文物出土。而相反，在別的地方的所謂「赤壁」卻極少這類古兵器出土。

另有人認為，應在湖北黃岡縣城西北江濱，一名赤鼻磯。山形截然如壁，而且是赤色。因為宋時蘇東坡遊此，做有前、後《赤壁賦》和《赤壁懷古・念奴嬌》一詞，誤以為赤壁之戰在此處。在今湖北黃岡縣的西北角赤鲁山下，於大江之濱，也有一個赤壁，它是與蒲圻赤壁齊名的「東坡赤壁」，又名黃州赤壁。蘇軾被貶黃州，任團練副使。因政治上的失落，自號「東坡居士」。他在黃州生活了四年零三個月，多次遊覽赤鼻磯，有感而做，寫出了千古絕唱的《念奴嬌・赤壁懷古》和前、後《赤壁賦》，致使黃岡赤壁一下子成為「正宗」的赤壁，真正的赤壁反而被人遺忘了。

凝固的藝術

遠古岩畫之謎

岩畫，是指刻畫在山洞的壁上或山崖上的圖畫。我國的新疆、甘肅、貴州等地多有發現，題材大多為狩獵圖像和野獸、家畜的形象。在世界其他地區，岩畫現象也較普遍。

在我國廣袤的土地上，從南到北，從東到西，到處都有古老先民留下的岩畫。這些岩畫在人跡罕至的山野中，在崇山峻嶺的崖壁上，用簡單而粗糙的線條描繪著飛禽走獸，描繪著狩獵、舞蹈，描繪著宗教儀式……反映了他們的生產和生活，充滿了他們對未來的嚮往。

按形形色色的岩畫內容，可分為動物岩畫、生產岩畫、娛樂岩畫、人物岩畫、戰爭岩畫和宗教岩畫等。在北方的岩畫區，絕大多數是動物岩畫。如在陰山、賀蘭山、黑山、阿勒泰、崑崙山等山區的崖壁上，反映動物形象的岩畫，不僅數量多，種類也很可觀。如陰山岩畫，可以確定的動物種屬就有四十種之多。

在南方的岩畫區，人物畫約占半數以上。這些人物都生動形象，有狩獵、放牧、舞蹈、作戰、雜技、踢毽、釣魚等等。人物的形體和服飾都有其民族和地域的特徵。如西南地區的人物，四肢很細，身軀呈倒三角形，僅做示意表現。雲南滄源的岩畫人物，身著羽毛裝飾的舞裝。四川珙縣麻塘壩人物岩畫則穿褲穿裙。

戰爭岩畫則出現在內蒙古、寧夏、雲南、新疆等地，畫面都以互相廝殺、執弓對射等為主。如青海省天然縣盧山，有一幅交戰圖，兩人面對面，弓箭交接在一起，兩人的生殖器挺舉，以示具有充沛的生命力和男子漢所獨具的陽剛之氣。

娛樂岩畫中，主要是舞蹈。有狩獵舞蹈、戰爭舞蹈、操練舞蹈、集體舞蹈、仿生舞蹈、愛情舞蹈和宗教舞蹈等。這些舞蹈岩畫幾乎遍佈所有的岩畫地區。看到這些舞姿優美的畫面，就像見到一個個或一群群精靈天使，把人們帶到了遙遠的歷史時代。

生產岩畫則主要反映當時人們的狩獵和放牧為主的生活。富有生活情趣的狩獵岩畫，用簡單的圖畫描繪了終日馳騁於深山幽谷的獵人們行獵的場景。牧畜岩畫則展現了古代飼養家畜、牧羊放馬、役使牲畜的場面。這類岩畫以北方地區居多。

最為奇特的是宗教岩畫。它的題材以各種崇拜為主，有動物崇拜、神像崇拜、天體崇拜、祖先崇拜、印跡崇拜等等。尤其以動物崇拜最為普遍。崇拜的動物有野獸也有家畜。還有一種生殖崇拜，完全是赤裸裸的男女交媾的圖像，反映了遠古居民希求人丁興旺的願望。

以四川南部的都掌蠻人的岩畫為例，可以看出在那怪異的圖畫上面，還蒙著一層神秘的面紗。都掌蠻人的岩畫中，有大量的馬、騎馬的人物和野獸的形象，還有怪人、怪獸，以及銅鼓和太陽的圖案，內容十分豐富，形象栩栩如生。

岩畫中的鳥，有的在奔馳，有的在嘶鳴，有的在緩步行進；騎馬的人則揮舞手中的戰刀，躍馬奔馳，瀟灑自如。還有的人高傲地騎在馬背上，有人在前面牽馬開路。這些都顯示了都掌蠻人崇尚騎馬善戰。把他們的形象畫在崖壁上，可能是再現他們生前的榮光，供後人瞻仰，也可能希望他們在另一個世界裏也能這樣勇武雄壯，令人敬仰。

岩畫中還有虎、豹、犀牛、鷹、鶴等飛禽走獸，還有各種各樣的狗。這些狗，肯定是他們狩獵時的有力工具和幫手。除此而外，還有形態各異的魚，有的魚單獨出現，有的魚已經上鉤而魚線還在口中，有的魚則已被捕魚者釣起……

銅鼓的形象出現得也相當多。據說，銅鼓是被都掌蠻人視為具有神奇力量的寶物的。一面好的銅鼓可以換回一千頭牛。誰擁有二、三面銅鼓，誰就可以稱王了。銅鼓的號召力特別強，只要在山上敲起銅鼓，四面八方的都掌蠻人就會自動聚集到銅鼓周圍。正因為如此，如果在戰場上銅鼓被對方繳獲，都掌蠻人就會失聲痛哭，認為自己的命運終結了。據說，明王朝在剿滅了都掌蠻人的武裝之後，繳獲的銅鼓就有九十三面。當時，他們的首領阿大悲痛欲絕，說：「鼓失，則蠻運終矣！」

都掌蠻人崇拜太陽。他們用紅色畫的圓形圖案，象徵太陽給他們帶來了溫暖的生機。

他們崇拜的生命之神則非常特殊。這個神奇的人物只有一張網狀的臉，沒有口、眼、耳、鼻，有四隻胳膊兩隻手。特別是男性的生殖器很長、很大，可能是希望死去的人們早日再生吧。

還有一些怪人怪獸至今無人能夠破解。如在麻塘壩，有個長有四個胳膊沒有身體的人；在豬圈門有一個長有雙角的人；在獅子岩有一個魚身而長有四腿的怪獸……

再以新疆的呼圖壁縣康家石門子的岩畫為例，可以看出古代先民生殖崇拜的神秘色彩。這裏山勢突兀，石壁豁開，山色赭紅，崗巒重疊，宛如一座荒涼的古堡。在一片紅色的砂礫岩上，大大小小的男女形象佔據了長十四米、高九米、面積一百二十平方米的平整的岩面。

岩畫上的人物大的有真人大小，小的僅十二釐米，分佈密集，錯落有致。有群女裸舞、群男裸舞，生育祈禱等圖畫。圖中的裸體男子面部大嘴高鼻、威武有力；裸體女子則眼大鼻高嘴小，肩寬腰細，臀部肥碩。這一切都表明了男性為主體的社會裏，人們祈求人口繁盛的願望。其中一些身體被塗成紅色的人像，可能是巫師一類的人物，在他的引導下，人們載歌載舞，沉浸在神秘而聖潔的儀式之中。

這些千姿百態的、歷經千年風雨侵蝕的岩畫，給後人留下了許多難解之謎：他們為什麼把畫刻在岩壁上？許多畫的具體內容是什麼？畫面中神奇的人物和動物是神話還是真實的再現？畫畫的人早已消逝，畫謎的答案又在哪裡呢？

豪宅裡的秘密

大觀園之謎

說起《紅樓夢》，就離不開大觀園。大觀園裏悲歡離合的故事，讓人內心久久不能平靜。人們常在掩卷之後，不禁要問，這大觀園究竟在什麼地方？現實中有沒有這樣的園林？這個問題不但是紅學家研究的重要課題，也常為《紅樓夢》愛好者所關注。

早在《紅樓夢》傳世不久，就有人提出了大觀園的所在地問題。袁枚在《隨園詩話》中寫道：「康熙間，曹練（楝）亭為江寧織造，……其子雪芹撰《紅樓夢》一部，備記風月繁華之盛。中有所謂大觀園者，即余之隨園也。」袁枚把大觀園按在自己的隨園頭上，是因為他從破敗的曹家購得了一座花園，自己把它改名為「隨園」。這種說法立即得到了很多人的贊同。

清代道光年間的《燕市貞明錄》認為大觀園在什剎海附近，它是這麼說的：「地安門外，鐘鼓樓西，有絕大之池沼，曰什剎海，橫斷分前海、後海。夏植蓮花遍滿；冬日結冰，遊行其上，又別是一境。後海，清醇親王府焉；前海垂楊夾道，錯落有致，或曰是《石頭記》之大觀園。」這些說法代表了清代中後期一些文人學士對《紅樓夢》中大觀園園址的探求。它們成為後來紅學家們研究大觀園的起點。

新文化運動興起以後，中外文化研究空前熱烈，大觀園園址這個謎，也成為熱烈探索的內容之一。

胡適主張大觀園即隨園，直接重複了袁枚的說法，並未加以考證。俞平伯認為大觀園在北京，但又說大觀園的描寫中摻有江南風光。曹聚仁認為很多院落都可能是大觀園的原型，他在《小說新語》中指出：「大觀園是拿曹家的院落做底子，而曹家的府院，有北京的芷園，南京、揚州、蘇州的織造府，都是大觀園的藍本。同時，曹雪芹生前所到過的園林，都可以嵌入這一空中樓閣中去，所謂『大觀』也不妨說是『集大成』之意。不能看得太老實，卻也並非虛無縹緲的。」也就是說，《紅樓夢》一書是曹雪芹假北京景物追寫烘托曹家當日在江寧（南京、金陵、石頭城）的榮華富貴的盛況。這一說法得到不少人的同意。

學者趙岡在《紅樓夢考證拾遺》和《紅樓夢新探》中都認為江寧織造署行宮西花園即是大觀園。他先從《紅樓夢》所描寫的大觀園建築的邏輯進行推論，然後與南京行宮圖進行對照，得出這樣的結論：「這個榮府西花園，也就是南京行宮的西花園，現在已改為大行宮小學，西臨碑亭巷，北臨漢府街。據研究南京歷史的專家告訴我，在修建大行宮小學時，在園之西北角上亭子中發現一塊碑石，上面書『紅樓一角』，據說碑亭巷就是由此得名。」

另外一種影響較大的說法是，主張北京後海恭王府即是大觀園。這就是著名的恭王府說，提出者是著名的紅學家周汝昌先生。吳柳對恭王府做了詳細介紹，指出了恭王府和大觀園之間的相似之處，所以恭王府是大觀園遺址，完全有可能。周汝昌在《關於恭王府的通信》中寫道：「正房為『錫晉齋』，院宇宏大、廊廡周接，排場大，有格局，傳為賈母所居也。……府後為花園，東有院，以短垣做圍，翠竹叢生，而廊空室靜，簾隱几淨，多雅淡之趣。……此即所謂『瀟湘館』。最後亙於北牆下，以山做屏者為『福廳』，三間抱廈廳突出，自早至暮，皆有日照，北京惟此一例而已，傳為『怡紅院』。」

周汝昌先生從地理環境、景物遺存、建築佈局、府第沿革、文獻印證等方面，結合《紅樓夢》書中對大觀園的描寫加以考證。雖然無直接的證據，但清楚地揭示了恭王府與大觀園內在的聯繫。儘管如此，也有人不肯附和恭王府說。顧平旦先生在《從「大觀」到「萃錦」》一文中，認為恭王府的萃錦園規模和大部分建築都是同治以後才有的。恭親王奕訢，才情非凡，也許就是個《紅樓夢》迷，他是朝中最大的權貴，家資萬金，完全有可能仿照「大觀園」建造自己的府園。

就這樣，《紅樓夢》中大觀園的原型究竟在哪裡，爭論仍舊在繼續。

到底是誰家的孩子？

姓不姓由你

中國人的姓氏之謎

姓，是標誌家族系統的稱號。在《史記・屈原賈生列傳》中曾云：「屈原者，名平，楚之同性也。」顧炎武在《日知錄》中解釋道：「姓氏之稱，自太史公始混而為一。」

漢高祖劉邦與西楚霸王項羽楚漢戰爭時期，婁敬能言善辯，心思縝密，為劉邦出了不少力。在劉邦奪得江山後，與朝臣們商議建都大事，大臣們多是東方人，都建議劉邦建都洛陽，只有婁敬力排眾議，建議劉邦要以江山為重，應建都長安，以扼天下形勢之咽喉，劉邦知道婁敬所言正確，便採納了婁敬的建議，決定建都長安，而且還要賞賜一片公心的婁敬。當劉邦笑著問婁敬想要什麼賜物時，婁敬曰：「臣欲劉姓。」劉邦龍顏大悅，特賜婁敬改姓劉，改名劉敬，劉敬亦大喜。

姓氏是人的血統淵源的標誌，中國漫長的封建宗法制傳統，決定了中國人對自己的血統特別看重，上邊的故事中，婁敬寧可不要千金賜物，也要一個皇室姓氏，也說明了婁敬把姓氏看得比什麼都重要。

中國人的姓氏繁多，僅《百家姓》已不足包容所有了。那麼，這麼多的姓氏，是從何而來呢？在我國古代的一些書籍中，自黃帝時期便有了姓氏的記載。而研究姓氏學問的著作也很多，宋代鄭樵在《通志・氏族略》中，將姓氏的來源歸納了三十二類之眾。姓名由兩部分組成，姓在前，名在後。姓有單姓、複姓之分；名則為一字或兩字即可。姓一般隨父，名則可任意取。人一出生就取名，然後將其姓名註冊在戶籍上，如同渴了要喝水，餓了要吃飯一樣，順理成章，成為「例行公事」。

然而，在古代的中國，這個簡單的姓名就複雜多了，嚴肅多了，蘊含了深厚的文化內涵。它與社會的等級結構緊密關聯，突出地表現著門第觀念、宗法觀念。姓不能隨意姓，名也不能隨意取。甚至出現了「有姓有名」，「有氏有名」，「有名無氏」，「無姓有名」，「有姓無名」，「數字為名」的奇怪的現象。古代，姓是一種族號。它是血統的標誌，家族的徽章。有姓的人，都是貴族。它是怎樣產生的呢？

這與古代的圖騰崇拜有關。古代的氏族部落都是以血緣關係組成的，這些氏族認為自己起源於某種動物或植物，於是就崇拜它，這就是「圖騰」。圖騰，就是這個氏族的姓。如：熊、馬、牛、龍、梅、林等等。因此說，姓是全族共有的符號標誌，也是全家族的族號。如周代初期分封諸侯時，那些諸侯國君，大部分都姓姬。不是姬姓家族的人，根本不許姓姬。周禮還規定，「同姓不通婚」。

因此說，當時的「姓」用於「別婚姻」。

氏是姓的分支。氏和姓有著嚴格區別。氏是怎樣產生的呢？

隨著同姓貴族後世子孫的繁衍，居住地區也日益分散，同姓的氏族便出現了不同的分支，於是每個分支又各有稱號做標誌，這個分支的稱號就是「氏」。如，姬是周代祖先的姓，後來姬姓下面又分為孟氏、季氏、孫氏、游氏等。這個「氏」「別貴賤」。貴者，有氏有名。賤者，有名無氏。

因為貴賤之勢變幻無定，所以，「氏」是可變的，而且變化很大。如春秋時楚國的伍子胥，原來以「伍」為氏，但他在吳國被殺之後，他的兒子逃到了齊國，由貴到賤，改為「王孫」氏了。氏因變化頻繁，其來源也就複雜了。以官名為氏：史、司馬、司空、司徒……以先人別號為氏：唐、夏、殷……以封地為氏：魯、宋、衛……

以先人謚號為氏：莊、武、穆、宣……以居住地名為氏：郭、池……

以從事職業為氏：陶、屠、巫、卜……

這許許多多的「氏」，發展到後來，實際上也就成了今天我們所說的「姓」了。

先秦時期，男子稱氏者居多。以商鞅為例，曾稱其為「公孫鞅」、「衛鞅」、「商鞅」。

「公孫鞅」：因其祖有公爵，以「公孫」為氏。

「衛鞅」：他原為衛國人，入秦之後以國名為氏。

「商鞅」：他因助秦孝公變法，被封於商邑，又以商為氏。

周代女子多稱姓，不稱氏。以晉公子重耳娶三個妻子為例：

娶齊女，稱「姜」氏，娶秦女，稱「懷嬴」，娶狄女，稱「季隗」。這裏的「姜」、「嬴」、「隗」都是姓。之所以不稱氏，是因「同姓不通婚」。男子的姓不辨自明，而娶婦必辨其姓。到了漢代，姓氏逐漸合一，任何人都可以有姓，姓也就沒有了貴賤之分。

古代不論按分封、按宗法、按貴賤，有姓的人，都有名，有氏的人，也有名。而普通平民是「有名無姓」的。例如，先秦的「庖丁」、「魯班」、「優孟」等人都是平民百姓，因此，他們只有名。如：「庖丁」，「庖」是他的職業，廚師；名「丁」，即「叫作『丁』的廚師」。「魯班」，「魯」是所在國名，名「班」，即「名為『班』的魯國人」。「優孟」，「優」是演員，「孟」是名字，即「名為孟的演員」。

除姓名之外，古人還常常有「字」和「號」。先秦時期，名與字連著稱呼時，通常是先稱字，後稱名。如孔子的父親，人稱叔梁紇，其實他既不姓叔，也不姓梁。他確實姓孔，名紇，字叔梁。

此外，名與字在稱呼時，還能體現出尊卑、長幼的區別。「稱人以字，自稱以名」是謙稱的規範。即，稱長者、尊者只能稱字，不能稱名；稱卑者、幼者或自稱可稱名。

中國歷史上，取名還有一個特例：元朝規定，庶民無職者不許取名！這樣一來，許多平民，特別是窮苦百姓，只好以數字作為自己存在的符號了。如：明太祖朱元璋出身貧苦，他就原名為

「重八」，其父為「五四」；名將湯和的曾祖叫「五一」，祖父叫「方一」，父親叫「七一」。在名字上的等級何其森嚴！

然而，當元朝衰敗，各地起義軍揭竿而起的時候，那些成千上萬沒有名字的「無名氏」，則成了元朝統治者的掘墓人！

中國人的姓名，變遷到今天的樣子，無疑是歷史的進步！

真假公主之謎

北宋政和三年，因蔡京建議，宋廷仿照周代的「王姬」稱號，宣布一律稱「公主」為「帝姬」。這一制度維持了十多年，直到南宋初才恢復舊制。在兵荒馬亂的北宋末年，帝姬的命運也很悲慘，她們或者流落民間，或者死於非命，而大多則同徽宗、欽宗及趙氏宗室一起，被擄歸金朝，成為離鄉背井的亡國奴。

南宋高宗四年，有一女子來到宮廷，自稱是徽宗的女兒柔福帝姬，從北方逃歸。高宗命老宮女察驗，覺得這女子相貌確實很像柔福帝姬，用宮中舊事盤問她，也能夠答出八九不離十，唯一值得懷疑的是這女子的一雙大腳，如何想像金枝玉葉的公主會生就一雙天足呢？面對一雙雙懷疑的眼睛，那女子毫不驚慌，不勝悲苦地解釋說：「金人驅逐如牛羊，曾赤腳步行萬里路，怎能保持原樣？」宋高宗覺得言之有理，尤其是聽到這女子能夠直呼其小字，便不再懷疑，下詔讓她入宮，授予福國長公主的稱號，又為她選擇永州防禦使高世榮為駙馬。柔福帝姬從此結束了顛沛流離的逃亡生活，時來運轉。

南宋十二年，高宗生母顯仁太后從北方歸來，見到高宗，悲喜交加，拉著高宗衣袖垂泣不已。突然，她停止哭泣，急急告訴高宗說：「金人都在笑話你呢！說你錯買了顏子，柔福早已死了。」（當年京師有顏家巷，製作的各類器物都以次充好、以假充真，極不堅實，因此時人稱冒牌貨為「顏子」。）高宗聞言大驚，立即下令將柔福繫獄審訊，才真相大白：原來這女子曾經遇到一個宮女，那宮女說她容貌與柔福帝姬十分相像，又告訴她許多宮中瑣事，於是她就冒名頂替，享受了十多年榮華富貴，使南宋王朝為人笑柄。轟動一時的真假公主案，以柔福被殺告終。

然而，柔福雖然被誅，民間卻流言紛紛，為她抱屈者大有人在。《四朝聞見錄》、《隨國隨筆》等筆記，都記載了這樣一種說法：柔福帝姬實為真公主，顯仁太后在北方多年，有許多不願為國人知道的隱事，見柔福逃歸，怕她洩露，因而強指為偽，命令誅殺了她。高宗因奉母命，也容不得柔福辯解，最終使她死於非命。這一說法雖然流傳甚廣，可惜沒有真憑實據，又死無對證，於是柔福帝姬的真偽，成了真正的千古之謎。不管她是不是真的公主，但是生在亂世帝王之家的確是一件不幸的事，宋朝公主被掠，明朝崇禎公主被父斬斷一臂的遭遇，都讓人不勝同情。

偉人從哪來

孔子的身世之謎

孔子（前五一一～前四七九），名丘，字仲尼，魯國陬邑（今山東曲阜）人。少時貧寒，以好禮知名於魯。早年率弟子周遊列國，不受重用。晚年閉門修學，不復求仕。著《春秋》、序《書傳》、《易》等，主張仁、義、理、智、信。其學說博大精深，被後世稱為儒學，尊為聖人。

關於古今第一大聖人孔子的出生，民間是這麼傳說的：

魯襄公二十一年（前五五一），年逾七十的叔梁紇，見九個女兒先後出嫁，眼前僅有一個瘦弱的兒子孟皮，還是個瘸子，無資格繼承早已延續數百年的聖祖香火，悲嘆之餘，只好再娶。當地名人顏襄，有三個妙齡女兒，小女顏征在，明眸皓齒，俊若天仙。顏襄把三個女兒召集在一起，說：叔梁紇是聖裔之後，雖年屆古稀，性情嚴肅，但品行萬裡挑一，且身高十尺，力大無比，不足為疑，你們三人誰願意嫁給他？大女、二女一聽，求婚人是個年紀很大的老頭子，誰也不吭一聲。

顏征在見兩個姐姐不表態，忙對其父道：「這有什麼可商量的？做女兒的在家從父，既嫁從夫，夫死從子。您老人家怎麼說，我就怎麼辦！我願嫁給叔梁紇。」顏襄大喜，於是，年邁的叔梁紇遂娶妙齡美女顏征在為妻。

顏征在是個品德高尚，心思細緻的女子。洞房花燭夜之後，心想：丈夫畢竟年事已高，能否真的精力充沛，具有生育健康男兒的能力，延續聖裔香火，自己心裏實在沒底，何不到村東山神廟裏求神靈保佑？想到這裏，她朝尼山走來。

顏征在虔誠地在尼山神像前祈禱，一陣春風，把跪拜的顏征在吹得昏昏欲睡。朦朧中，自己變成一隻尼山的大鳳凰，只聽尼山神鄭重其事地對她說：「上帝旨意，讓天上文曲星借你的身軀下凡轉世，你要好好撫育。這是個能振興周朝的聖人，你雖然要受一番苦難煎熬，但能流芳萬世，名垂千秋，倒也值得！」顏征在剛欲請示如何撫養未來聖人，身子猛然一歪，心裏一驚，頓時夢醒，接著便覺得腹內一陣騷動。顏征在心明如鏡，知道自己已經懷上了聖人仙骨，於是拜別尼山神，回到家中。

過了半年多，孔子誕生在尼山夫子洞。孔子為什麼不在家中而是荒郊野外降生呢？據說魯襄公二十二年春，顏征在尼山祈禱求賜男兒後，時至陰曆八月十五，按孕婦常規，十月懷胎，一朝分娩。征在孕期已過，可聖人遲遲未生，此乃大器晚成。顏征在心急如火，懇求夫婿陪同赴尼山祈禱。行至夫子洞旁，突見天降祥雲，蒼龍翻舞，二仙女擎香露空中拋灑，五仙翁於尼山五峰頂恭候，鈞天之樂盈耳，皆異於世俗絲竹之樂。顏征在感覺分娩時辰已到，遂同丈夫急入洞中。不消一會兒，啼嬰呱呱落地，聖嬰順利降世。叔梁紇高興地抱起嬰兒仔細一看，天哪！簡直是不堪入目的醜八怪！一氣之下，背起妻子就朝家走去。任憑妻子如何哀求，叔梁紇就是不肯把孩子抱回家。回到家，叔梁紇護理好妻子，去串門尋開心了。

顏征在躺在床上，念及親生骨肉被棄之山野，心如刀絞。她決意要將兒子撿回來，不顧天色已晚，悄悄朝尼山返回。當顏征在重返「坤靈洞」時，原以為孔子必定饑號不止；沒料想進洞之後，發現孔子正安靜地躺在雌虎懷中，甜蜜蜜地吸吮著乳汁，老虎正輕輕地舔吻著孔子幼體。當時八月中秋，蚊蠅很多。一隻雄鷹擔心蚊蠅叮咬孔子聖體，便站在孔子身旁，以羽翅為扇，把蚊蠅驅趕得一乾二淨。

民間關於孔子出生的傳說充滿了神秘的色彩，這是古人對孔子頂禮膜拜的表現。既然孔子是儒學的鼻祖，那麼孔子的出生自然也不同凡響。可是民間傳說歸傳說，司馬遷在寫《史記・孔子世家》時，卻不願意人云亦云。經過一番調查研究後，司馬遷提出了一個驚世駭俗的說法：

「孔子生魯昌平鄉陬邑（今山東曲阜），其先宋人也……伯夏生叔梁紇。紇與顏氏女野合生孔子。禱於尼丘得孔子，魯襄公二十二年（西元前五五一年）而孔子生。」也就是說，萬世尊崇的聖人孔夫子是非婚生的私生子。如果這是真的，那麼天下的讀書人豈不是被羞死？

眾所周知，司馬遷寫作態度極其認真嚴謹，他本人歷經磨難，也少有嘩眾取寵之心，因此才為後世留下了被稱為「無韻之離騷」的《史記》。司馬遷時代距離孔子去世才四百餘年，年代不算久遠，而且在「獨尊儒術」已經成了當時基本國策的時候，司馬遷敢於將「野合」之說寫入正史，不可能沒有根據和道理。

自從司馬遷提出了「野合」之說後，得到了很多人的圍攻，但也得到了一些人的贊同，不過他們都從不同的角度講述了這件事。唐代史學家司馬貞在《史記索隱》中說：「今此云野合者，蓋謂梁紇老而征在少，非當壯室初笄之禮，故云野合，謂不合禮儀。」意思是說，一般認為，如果老夫少妻，年齡相差太過於懸殊，就會被人認為是不合禮儀的野合。唐代地理學家、史學家張守節也持這種看法。他認為男性結婚超過六十四歲「皆為野合」，叔梁紇與顏征在結合時已經很老，但是由於他是軍人，身體素質很好，仍有生育能力，儘管他們是合法夫妻，但孔子仍算「野合」之子。

對於以上這些解釋，有人認為過於牽強附會。有人乾脆認為孔子就是個私生子，沒有必要對其遮遮掩掩，理由是：第一，孔子從小隨其母親生活，他曾經自稱「吾少也賤」，說明顏氏的家境一定相當貧窮，與軍官出身的叔梁紇在各個方面都有明顯差距，顏氏不可能處於正妻的位置，甚至連做小妾的資格都勉強，其地位和處境可想而知。第二，顏氏長時間向孔子隱瞞其父墳墓位置，說明她一定遠離孔家獨居，假如她在孔家有一定地位或正當名分，為何不居住在孔家？又為何要對兒子隱瞞其父的墳墓？說明她有許多事情難以啟齒，甚至害怕兒子追問自己的身世。第三，叔梁紇死後，顏氏拒絕為其送葬，看來對於丈夫沒有什麼感情，顏氏可能被叔梁紇強迫，後懷孕而生下孔子，說不定在祈禱於尼山時就已做過了苟且之事。

有的學者經過分析認為：孔子出生時，其父叔梁紇是七十多歲的老翁，而母親顏征在才十六歲，顏征在嫁給叔梁紇不是為妻而是做妾，所以他們很可能是非婚同居而生孔子。其實，這也沒有什麼不好，任何人的出生，都由不得個人選擇，與生者的人品、學問、道德、事業等也無必然的聯繫。孔子就算「野合」而生，也沒有什麼不光彩的，不管他的父母是誰，都無法抹煞他思想家、教育家的崇高地位。

假皇子的鬧劇——宋仁宗絕後之謎

仁宗趙禎執政後期，統治階級內部日益腐朽，對外妥協苟安，對內因循保守，官僚機構龐大，官員們貪污腐化，賄賂公行，軍隊人數雖然不少，但兵不能戰，對西夏、北遼的侵擾，節節敗退，只得多「賜」銀帛，求得妥協。這一切，使趙禎感到困憂不堪，難以招架。更令他心焦的是自己已過不惑之年卻無子嗣，百年之後後繼無人。

趙禎十三歲即位，十五歲時就由劉太后為他立皇后郭氏，又選美女充盈後宮。不知因為什麼緣故，此後的十幾年中，無論皇后、妃嬪，無一為他生出皇子。為此趙禎曾在宮中供奉赤帝像，日夜祈禱，以求皇嗣，直到景祐四年，後宮俞美人才生子，卻沒活下來。寶元二年，苗美人又為他生子，滿朝皆喜。趙禎更是樂不可支，親自為這個寶貝兒子起名昕，意思是「太陽將要升起的時候」，並立即封官加爵，可惜，趙昕只活了一年半便夭折了，趙禎空歡喜了一場。慶曆元年，朱才人再為趙禎生子，趙禎賜其名為曦，意思是「清晨時的太陽光」，並封此小兒為鄂王，但是，趙曦沒活到三歲也夭亡了。趙禎受此打擊，更為自己無子而憂愁。皇嗣成為當時朝廷內外最關注的大事之一，因而此後就發生了有人冒充皇子的「假皇子」事件。

皇祐二年四月初的一天，京城忽然來了一個廬山和尚，姓全名大道。他帶著一位風度翩翩、儀表堂堂的青年，聲稱這名青年是當今聖上的皇子，要面見皇上。這個消息不啻一聲驚雷，一下子轟動了京城。人們奔相走告，紛紛聚集起來，圍觀這名青年，評頭品足，交頭接耳，好不熱鬧。權知開封府錢明逸聞訊，大為驚異，不敢怠慢，趕快命人將這個和尚和青年請入衙門，以禮相待，安頓下來。同時急忙派人奏報朝廷。

朝廷一下子開了鍋，大臣們議論紛紛，這個說，皇上只有三子，都已早夭，從哪兒又冒出個皇子來，其中必然有詐，應亟加貶誅為是；那個說，皇上的私事誰能全知道，倘若這個和尚說的實有其事，貶誅之後如何收場？七嘴八舌，莫衷一是。趙禎聽奏此事後，尤為惱火，即令翰林學士趙概和知諫院包拯，迅速查明事情本末奏聞。

包拯鐵面無私，斷案如神，深得趙禎信任，接到此案之後，知道非同小可，遂抖擻精神，深究追問，終於找出破綻，弄清了真相。原來這青年名叫冷青，其母王氏本來是趙禎後宮中的一名宮女，熟知宮內情形，後來，因她偶犯小過被貶出宮去，生計無著，嫁給一名叫冷緒的郎中醫生為妻。婚後，王氏為冷緒生有一女一子，此子即為冷青。冷青自幼缺少家教，既不願讀書，又不願勞動，衣來伸手，飯來張口，東遊西蕩，無所事事。後來竟離家出走，四處漂泊，到了廬山。和尚全大道得知冷青是宮女之子，又長得一表人才，遂收留了他。全大道深知此時皇室正為無繼承人著急，王氏在宮中的經歷又有隙可乘，倘若把冷青調教一番，再用花言巧語騙過皇上，說不定自己因此名利雙收，飛黃騰達呢。於是全大道和冷青在密室中日夜謀劃，時時演練，並把冷青打扮一下，下了廬山。哪承想，剛入京城便遇上了智謀過人的包大人，露了馬腳，兩人全被誅死。「假皇子」的鬧劇才收了場。

此後，「無子」更成了趙禎的心病，整天沉溺後宮，一一召幸，結果不但皇子無望，自己的身子也搞垮了。形神疲憊，疾病纏身。他竟長居深宮，服起丹藥來，更少問政事。大臣每有國政奏聞，他連話都不願多說，只是點頭敷衍。

嘉祐四年，後宮董御侍、周御侍為其生下二女。自此，趙禎心如死灰，自己生子繼嗣已完全無望。不得已立養子宗實為嗣，賜名曙，總算放下了一件心頭大事。過了不兩年，趙禎舊病復發，無醫可治，崩於福寧殿，終年五十四歲。

趙禎一生御女無數，盼子望眼欲穿。真皇子一個沒有，假皇子卻鬧得沸沸揚揚，到頭來含恨而去，算是他縱欲無度的報應吧。

狸貓換太子——宋仁宗身世之謎

宋仁宗（一〇一〇～一〇六三）趙禎，宋真宗之子，五歲被封為壽郡王，八歲封升王，立為太子。一〇二二年即位稱帝。在位期間，屢遭西夏侵襲，軍費開支龐大，國力不支。後任范仲淹為相，整頓吏治，施新改革，旋又廢止。

「狸貓換太子」是京劇中有名的一折，這個故事涉及到宋仁宗的身世之謎，情節曲折好看。北宋第三代皇帝宋真宗趙恆，年長無子，江山後繼乏人，幸喜他的兩個妃子劉妃和李妃相繼有了身孕，真宗將她們一起召見，各給信物，並言明誰生下太子就立誰為皇后。

一石激起千層浪，皇后之位的競爭悄然而起，狡詐陰險的劉妃深怕李妃早生太子，奪取后位，便勾結死黨太監郭槐，買通接生婆尤氏，用剝去皮的狸貓，換取了李妃所生的太子。並讓宮女寇珠把換出的太子投入護城河中，以絕後患，寇珠良心不昧，將太子交與正直的太監陳琳，借給八賢王趙德芳賀壽送禮之機，將太子裝入禮盒，送到八賢王那裏，撫養成人。李妃也因生妖胎而被打入冷宮，以致後來劉妃懷疑太子未死，審訊寇珠、陳琳，火燒冷宮，冷宮太監救出李妃，逃往陳州（現在的河南省淮陽），包拯陳州放糧，得遇李妃，暗護回朝，鍘了郭槐，弄清了事實真相，仁宗趙禎這時已經做了皇帝，知道自己的身世之後，自責對生母李妃未盡孝道，便讓包拯打其龍袍，以示不孝之過。

「狸貓換太子」的故事雖然深入人心，但是它和正史的記載並不完全相符。

宋真宗趙恆曾經有過五個皇子，都因福薄壽短，相繼夭折，且宋真宗和劉德妃均已四十五歲，身邊還沒有一個兒子，而劉德妃的專寵，影響了真宗與其他嬪妃的接觸，因此，子嗣成了他的一大心病。劉德妃雖然外表謙和，卻頗工心計，封建社會的皇宮內「母以子貴」這一現象，更使她日思夜想要有一個兒子，好借此機會爬上皇后的寶座，但她入宮三十年來一直沒有生育。劉德妃身邊有個侍女姓李，浙江人，為人莊重規矩，而且少言寡語。德妃命令她負責真宗的寢息，每天為真宗鋪床疊被，抱衾送枕。

李侍兒本來就生得面容姣美，加之每天接近真宗，天長日久，身懷有孕。有一次，李氏和真宗一起到高臺上欣賞風景，忽然她的玉釵啪地一聲掉在地上，李氏覺得這是個不好的兆頭，而真宗卻暗自念道：如果玉釵完好不碎，那麼生下來的一定是個男孩。結果玉釵無損，真宗非常高興。不久，李氏就生下一個皇子，就是後來的宋仁宗趙禎皇帝。

當時劉娥還是個德妃，未能進位皇后，她對李氏生子非常關注，聽到皇子降生的消息，欣喜若狂，可她又怕李氏的兒子成為皇位的繼承人，母以子貴，使李氏有了資本與自己爭奪皇后位置，給她造成巨大的威脅。但德妃也有自己的優勢，她不僅是皇帝的寵妃，而且李氏又是她的奴婢，對她自然俯首聽命，於是就變被動為主動。皇子剛剛降生，她便趕到了，威脅加利誘，迫使李氏交出了兒子，謊稱是自己的兒子，讓楊妃保育撫養，並告誡所有知情人，不許走漏一絲風聲。

李氏為了兒子的將來，雖心中不滿，但也不敢造次，於是劉德妃四十五歲生下皇子成了朝野共知的消息。真宗自然也希望借此增加德妃做皇后的資本，默認了她的這一做法，宮裏的人都懼怕她的威嚴，誰也不敢洩漏真情，劉德妃也因此在大中祥符五年順利晉升為皇后。

光陰荏苒，歲月流逝，真宗皇帝於乾興元年（西元一〇二二年）駕崩，小皇子登上龍位，是為仁宗。因為他年齡太小，所以早已預政的劉太后便垂簾聽政，掌握了朝廷大權，懾於劉太后的權勢，許多官吏們都是拍馬能手，誰敢去捅這個馬蜂窩。說太后不是皇帝的親生母親？李妃在後宮依然默默自處，她不說閒話，始終沒有認為自己生了個皇帝而傲視後宮。她也無權無勢，只有一個弟弟也被貶出了京師。獨居冷宮，舉目無親，長期的壓抑心情使她生病了，而且病情越來越重。明道元年（西元一〇三二年）二月，已經臥床不起了。不多幾日，李宸妃便在後宮飲恨而亡。

劉太后聽說後，便派了個親信，囑咐他按一般宮人的規格埋葬。丞相呂夷簡聽說後，馬上去見劉太后，申明李宸妃應按皇后規格厚葬。劉后正同皇帝議事，一聽呂夷簡的話，惱怒非常，拉著皇帝進入內室。呂夷簡站在殿外不走，劉太后看他站了很長時間也不動，便出來厲聲訓斥說：

「你想干預內宮之事嗎？死了一個宮人，你怎麼這樣認真？」

呂夷簡說：「臣既當丞相，事無大小，內外我都應該管。」

劉太后更加惱怒，指著呂夷簡的鼻子大罵：「你想離間我們母子嗎？我叫你死無葬身之地。」

呂夷簡從容不迫地道：「你難道不想保全你們劉氏家族嗎？如果你想讓劉家香火不斷，就應該厚葬李宸妃。」

劉太后無言可對，也考慮到此事如果洩露，後果確實怕人，便派太監羅崇勳去操辦李宸妃的喪事。呂夷簡對羅崇勳說：「李宸妃是皇上的生母，如喪不成禮，將來皇上一旦得知，咱們都吃罪不起。」羅崇勳只有唯唯點頭，他按照宰相的安排，用皇后一級的衣冠、佩飾裝殮李宸妃。為保其屍身不腐壞，特用水銀灌注棺木。在從宮內運棺出城的道路上，劉太后又說李是妃子，不能從宮門出棺，要在後宮院牆上扒個窟窿，棺木從此出宮。呂夷簡不同意這樣辦，又據理力爭，劉太后才勉強同意在西華門出棺，暫居京師南郊的洪福院內。

明道二年（西元一〇三三年）三月，劉太后歸天了。以後有些正直的官吏才悄悄向皇帝透露，他不是劉太后所生，其生母是去年死去的李宸妃。開始皇帝還不太相信，因為劉太后平日待他很好，又幫他料理朝政。後來又有不少親王也這樣說，又聽說劉太后如何虐待李宸妃，使李妃死於非命，才完全相信。而且很傷心，下詔自責自己不認生母之過，追尊李妃為皇太后，諡曰

「莊懿」。又詔回舅舅李和用，甥舅見面，二人抱頭痛哭。為了見到生母遺容，察看是否為劉太后所害，便親自到洪福院祭奠，讓舅舅和臣下將棺木打開，因為是水銀實棺，李太后屍體未壞，面目如生，衣冠悉按皇后禮葬。仁宗看了非常感謝劉太后，對大家說：「有人說劉太后待我母親不好，由此觀之，劉太后可比生母。」

這年十月，仁宗將兩位太后的靈柩葬於永定陵。生母李宸妃緊靠先皇而葬，劉太后葬在陵西一里許的溝裏。又蓋了一座奉慈廟，以供奉兩位太后的神主。為了彌補一下對親生母親的愧疚之情，宋仁宗對李氏家族甚厚，一再擢升太后之弟李用和的官職，還將福康公主下嫁李用和的兒子李瑋。可嘆的是，宋仁宗雖然終於知母認母，但親生母子一日也沒能相聚，留下了終生的遺憾。

大清第一異姓王——福康安身世之謎

福康安（？～一七九六），富察氏，清滿鑲黃旗人。乾隆時任侍衛，授戶部尚書、軍機大臣，後任封疆大吏。其武功高強，多次鎮壓民眾起義並立累累戰功。後封貝子，官至武英殿大學士。因其極受乾隆寵信，民間傳言其為乾隆的私生子，不足信。

在乾隆朝，孝賢皇后的娘家富察氏一門，確實是當時最為顯赫的官宦人家之一。追究其原因，不少人認為是由於乾隆對孝賢皇后去世極為哀慟，進而情及外戚之故，至於乾隆與傅恆夫人之間有無曖昧關係，傅恆的兒子福康安是不是乾隆的私生子，則成為一大歷史疑案。

乾隆和傅恆夫婦的關係確實有許多令人費解之處。福康安的父親傅恆，是乾隆之后孝賢皇后的兄長。根據民間傳聞，傅恆的妻子是滿洲出名的美人，入宮朝見之時給乾隆看中了，兩人有了私情，生下的孩子便是福康安。傅恆由於姊姊、妻子、兒子三重關係，深得乾隆的寵幸，位極人臣，官至大學士，參與機密，一共做了二十三年的太平宰相。乾隆三十四年（一七九六年），傅恆率軍攻緬，染瘴而還，不久病死。乾隆親自到傅恆府上悼念，想到他為孝賢皇后之弟，對自己忠心耿耿，率師遠征，不辭勞苦，悲痛萬分，稱其為「社稷之臣」，在悼亡詩中意味深長地表示：「平生忠勇家聲繼，汝子吾兒定教培。」

傅恆共有四子。長子福靈安，封金羅額駙，曾隨兆惠出征回疆有功，升為正白旗滿洲副都統；次子福隆安，封和碩額駙，做過兵部尚書和工部尚書，封公爵。第三子便是福康安。他兩個哥哥都做駙馬，他最得乾隆恩遇，反而沒有娶上公主，不知內情的人便引以為奇。這時他身任兵部尚書，總管內務府大臣，加太子太保銜。傅恆第四子福長安任戶部尚書，後來封到侯爵。當時滿門富貴極品，舉朝莫及。傅恆懵懵懂懂，數次請求讓福康安也尚公主而為額駙，乾隆只是微笑不許。這不由得讓人心生疑竇。福康安既然自幼即被乾隆喜愛，為什麼乾隆偏偏不將公主下嫁給他，使之成為地位顯赫的額駙？是否是因福康安本係龍種，與皇室有血緣關係的緣故？

其實，乾隆自己就承認和福康安之感情有如家人父子，因而恩寵格外隆重。福康安生於乾隆十八年（一七五四年），自幼乾隆即將他帶到內廷，親自教養，待之如同親生兒子一般。福康安長大成人以後，乾隆更對其委以重任，生前封貝子，死後贈郡王，成為一代寵臣之最。福康安十九歲時，即以頭等侍衛統兵隨定西大將軍溫福征剿大金川，此後擔任過吉林將軍、盛京將軍、成都將軍、四川總督、陝甘總督、雲貴總督、閩浙總督、兩廣總督、武英殿大學士等要職。參加過平定大小金川、鎮壓臺灣林爽文起義、擊退廓爾喀入侵等重大戰役。據說，福康安作戰勇敢，足智多謀，但生活豪奢，其統率之大兵所過，地方官都要供給巨額財物，「笙歌一片，徹旦通宵」，甚至在戰場上也是如此：前線血肉橫飛，而福康安之帥營，仍歌舞吹彈，餘音嫋嫋不絕。

乾隆對此絲毫不加責怪。

在清朝，除清初如吳三桂等為平定各地反抗勢力立下赫赫戰功的軍功將領，以及蒙古等少數民族領袖外，異姓封王者僅福康安一人。福康安去世的時候，乾隆悲淚長流，賜謚文襄，追贈嘉勇郡王，配享太廟。故不少人都驚嘆乾隆對福康安的特殊恩寵，進而懷疑二者之間是否有異乎尋常的特殊關係，如有人推測說：福康安是乾隆的私生子，乾隆早就想封之為王，使他像諸皇子一樣享受榮華富貴。只是礙於家法，不能如願，於是令福康安率軍作戰、建立軍功，以為封王的基礎。所以福康安每次出征，乾隆均精心為其挑選將領，選派勁旅，使其必勝。而其他將領，也迎合乾隆旨意，有意不取勝爭功，以歸美於福康安。乾隆先封其為貝子，然福康安終究不及封王而終，遂以郡王贈之。還有人做詩諷刺說：「家人燕兒重椒房（後宮），龍種無端降下方；單闈（后族）幾曾封貝子，千秋疑案福文襄。」

然而，說福康安是乾隆私生子畢竟缺乏第一手證據，所以還不能就此下結論。不過有一點是明確的，即使他和傅恆夫人之間真的存在種種隱情，也並不等於說他對孝賢皇后就無相愛之心。也許正是由於福康安是孝賢皇后的親侄子，個性又和乾隆很投合，所以皇帝才格外愛重吧。

乾隆的爸爸是誰？

乾隆身世之謎

乾隆（一七一一～一七九九）名玄燁，雍正帝第四子。少時聰明伶俐，過目成誦，頗受康熙喜愛。其即位後，屢次平定準噶爾、大小金川及安南，使大清四海升平。在處理朝政中，其任用賢才，寬猛互濟，輕傜薄賦，開浚河道，為民謀福。其自號「十全老人」，乾隆六十五年傳位嘉慶，尊太上皇。卒後，尊謚純皇帝，葬裕陵。

乾隆是中國歷代帝王中最高壽的一位，他在位時間長達六十年之久，加上做太上皇的三年，其執政時間之長是無人能比的。這位皇帝一生享盡榮華富貴，可謂善終，但是，他的出生卻不是那麼「光彩」，有人說他是雍正用掉包計從海寧陳氏家換的孩子，還有人說他的母親不是什麼尊貴的女子，而是熱河行宮的宮女。縈繞在乾隆身世上的迷霧，真是越傳越奇，以至於模糊了歷史的真面目。

浙江海寧陳家是江南一大豪門，與清朝皇室有著神秘的關係。清朝末年，社會上普遍流行這樣一個傳說：「清朝的皇帝是浙江海寧陳家的兒子。」小說家金庸先生在成名作《書劍恩仇錄》裏，便是以這個故事為重要線索的。在金庸筆下，當時江湖最大幫會——紅花會的總舵主于萬亭秘密入宮，將乾隆生母陳世倌夫人的一封信交給乾隆，信中詳述乾隆出生經過，並指他左股有朱記一塊為證。待于萬亭走後，乾隆便把當年餵奶的乳母廖氏傳來，秘密詢問，得悉了自己家世真情：

原來康熙五十年八月十三日，四皇子胤禛的側妃鈕祜祿氏生了一個女兒，不久聽說大臣陳世倌的夫人同日生產，命人將小兒抱進府裏觀看。哪知抱進去的是兒子，抱出來的卻是女兒。陳世倌知是四皇子掉了包，大駭之下，一句都不敢洩漏出去。

當時康熙諸子爭儲奪嫡，明爭暗鬥，無所不用其極，各人籠絡大臣，陰蓄死黨。胤禛知父皇此時尚猶豫不決，兄弟中如胤禟、胤禩等才幹都不在自己之下，諸人勢均力敵。皇帝選擇儲君時，不但要比較諸皇子的才幹，也要想到諸皇子的兒子，要知立儲是萬年之計，皇子死了，皇孫就是皇帝。如果皇子英明，皇孫昏庸，決非長遠之策。胤禛此時已有一子，但懦弱無用，素來不為祖父所喜，他知道在這一點上吃了虧，滿盼再生一個兒子，哪知生出來的卻是女兒。胤禛不顧一切要做皇帝，湊巧陳世倌生了個兒子，就強行換了一個。胤禛於諸皇子中手段最為狠辣，陳世倌哪敢聲張？

這換去的孩子取名弘曆，以後就是乾隆。

金庸先生回憶說，這是因為小時候經常聽人家說乾隆是漢家後代的故事，所以就自然地寫進自己的小說裏了。可見這一傳說在民間非常盛行，以至於上自官僚縉紳，下到婦孺百姓，都深信不疑。

陳家歷明、清幾百年富貴不輟，朝中重臣輩出不窮。自明代中葉，陳氏就是當地富裕的書香門第。陳家在康熙年間，曾經兩度出現父子兄弟三人同榜的盛事。康熙四十二年（一七〇三年），陳元龍弟陳嵩、侄邦彥、陳詵之子陳世倌三人同榜；康熙五十六年（一七一七年），陳元龍兩子及從侄陳武嬰，三人同榜，這在中國科舉史上可謂空前絕後。出了這些人才，陳家自然非常風光，陳家歷仕康、雍、乾三朝，父子、叔侄三人無不位極人臣，其中兩人當過侍讀學士，可見與皇家的關係非同一般。

根據野史記載，雍正帝胤禛當皇子時，與海寧陳氏關係就非同尋常，兩家往來非常頻繁。有一年，兩家湊巧生下的孩子出生月、日、時辰都相同。胤禛大喜，命人抱來王府看看，等孩子被送回陳家時，陳家老小都驚呆了，原來自己家的兒子已經被換成了女嬰，陳家為宦多年，想到此間關節，知道不能追究聲張，緘口為妙。沒有多久，康熙帝去世，胤禛即位後，將陳氏一門數人提拔到顯要地位。雍正死後，乾隆帝即位，隆恩空前浩蕩。乾隆一生六次南巡江浙，有四次曾到海寧陳家，升堂垂詢家世。

也有人說，陳氏之子抱進雍親王府第時，是王妃暗中偷換的，雍正帝也不知道。等乾隆帝成年即位後，在別人的隻言片語中推得自己的身世，暗中與陳世倌對照，果然十分相像，於是心中也開始懷疑自己是不是陳氏之子，為了弄明白自己的身世，他特意幾次下江南明察暗訪，終於知道了這段隱情。還有人傳說，乾隆帝自知不是滿族，在宮裏時常穿漢人服飾，有一天，他著一身漢人的打扮，問身邊的臣子：「朕像不像漢人哪？」一名老臣跪對：「皇上挺像漢人，而不像滿人。」乾隆聽後愈加相信這一傳說，甚至打算命令滿人全都改著漢裝。

陳府中有兩方匾額，據說是乾隆御筆所賜，一為「爱日堂」，一為「春暉堂」。前者出自漢代揚雄《孝至》中的「孝子爱日」，後者則源於唐詩人孟郊的《遊子吟》，這兩塊匾額的題詞內容，都含兒子孝敬父母之意。如果乾隆不是出自陳門，為什麼寫下這麼莫名其妙的詞句？但是根據正史記載，這兩塊匾額是康熙皇帝題寫的。據《清史・陳元龍傳》，康熙三十九年四月，皇帝在召見大臣，一時來了興致，說：「爾等家中各有堂號，不妨自言，朕當賜書。」陳元龍奏稱，自己的老父已經年逾八十，為了表達對慈父的孝意，請皇上擬「爱日堂」三字賞賜，康熙痛快地揮筆寫了這一匾額。《海寧州志・列女傳》中說，陳世倌的堂祖父陳邦彥早年喪父，其母黃氏守寡四十一年，將兒子撫養成才。陳家富貴以後，康熙皇帝感念慈母的犧牲精神，親自寫了「節孝」兩字賜之，又寫了「春暉堂」匾額贈與陳家，由此看來，陳家的這兩塊匾額跟乾隆的身世並無關係。

乾隆到底是不是陳家的兒子，從他們出生的記載上基本可以判斷出來。

先看皇室這邊，雍正帝共育有十個皇子，六個公主。乾隆帝生於康熙五十年（一七一一年），當時雍正三十四歲。在這之前，他已生了四個兒子，其中三個夭折，但小王子弘時已經八歲，而另一位妃子耿氏也已懷孕五個多月，是男是女尚不知曉，何必去換別人的兒子？另外，清代皇子皇孫誕生，有一整套嚴密的驗看奏報程序，誰敢偷梁換柱？就算掉包成功，在這之後，雍正又生了好幾個皇子，他不讓自己的親生骨肉當皇帝，而要借用別人的兒子繼承尊貴的皇位，不是太荒謬了嗎？

再看陳家的血脈，據《海寧渤海陳氏宗譜第五修》和《徐乾學家譜》查知，陳元龍育有一子二女，其子死後十七年之後乾隆帝方才出生，陳家二女也早於乾隆帝二十多年出生，哪有孩子可供交換？而且，乾隆帝出生那年，他的元配夫人宋氏已經五十多歲，且於當年九月病逝，而陳元龍的兩位小妾已經去世，怎會再有孩子降生？由此可知兩家同時生子並男女互換的說法難以成立。

既然乾隆不是陳氏之子，為什麼對陳家如此看重寵信呢？其實，這與當年浙江海塘工程密切相關，是關係錢塘江一帶經濟發展和社會安定的大事。還在康熙朝時，錢塘江入海口的海潮常常為患，雍正朝初，決定修築海塘工程，雍正因為忙於鞏固帝位，應付西北戰爭，沒有時間前去察看，待工程有了眉目，雍正帝卻又突然去世了。乾隆登基以後，這件大事被提上議事日程，他借著六次南巡的機會，四次前往海寧視察。

按照情理，皇帝大駕光臨，總要住在體面的人家，而當地最有名望的家族就是陳家。陳府庭院森嚴，裝飾豪華，而且陳家不乏工部尚書，陳元龍本人就是水利專家，正好可以垂詢海塘工程有關問題。這樣，陳府自然成為乾隆帝的「行宮」，成為接駕的理想之處。乾隆帝住得快活，就認定了陳家，以後每至海寧，都要駐紮陳家。顯然，乾隆四次駕臨海寧，並非因為「認親」之事，而是前來踏勘海塘工程的。

關於乾隆帝的身世，野史還有一種說法是：乾隆是一個姓李的宮女生的。這位宮女名叫李金桂，時年已廿七歲，尚未出嫁，原是避暑山莊行宮裏一個做粗重活計的丫頭，貧苦人家出身，爹娘早已去世，亦無兄弟姐妹。康熙四十九年，還是雍親王的皇四子胤禛，奉旨隨皇父康熙皇帝臨幸承德避暑山莊，舉行一年一度的「木蘭秋狩」。

年輕的雍親王這一日閒來無事，便帶領自己藩邸的一名小廝，在離山莊不遠的阿格鳩圍場打獵消遣，正巧有一隻大鹿迎面而來，雍親王趕忙拉弓搭箭，一箭射去，大鹿倒地而斃。遂命小廝砍下鹿角以備進獻父皇，博取康熙皇帝的歡心；一面命小廝取來一碗溫熱新鮮的鹿血，一飲而盡。

這也是滿族人的習慣，他們認為飲鹿血是最好的滋補壯陽之劑。雍親王飲下鹿血後，果然勁力突發，一時面紅耳赤，欲火中燒。機靈的小廝見狀，明白了親王的意思，便引其來到山莊一處幽深僻靜的茅草屋中暫歇。一會兒功夫，小廝便騙來一宮女。這位欲火難耐的雍親王不及細看，便召而幸之。事畢細看，但見此女生得奇醜無比，無意收在府中。本要怪罪下人為何不覓一美女，但想這遠離京師的圍場之中，一時哪裡去找美貌女子？也實在無話可說。

作為一位王爺，這樣的風流韻事，本來算不了什麼。可是不料事有湊巧，第二年夏，康熙皇帝又率領王公貝勒、皇子王孫到承德木蘭圍場來避暑和行圍，偏巧有人奏報了醜宮女李金桂懷孕的事。在這皇家禁地，哪個大膽狂徒，竟敢染指宮女，並使之受孕？立即派人審問，但金桂女一口咬定並非與外人野合，而是四王爺的骨肉。一向以「正人君子」自譽的雍親王此時也沒了主意，只好承認確有其事。不久，李金桂就在這小小的茅草屋內生下一個大白胖小子。

雖然生母醜陋卑賤，然其父乃天潢貴胄，係龍種一脈。經胤禛生母德妃與國舅隆科多的求情，胤禛也向父皇認錯討饒，康熙皇帝一向以慈悲為懷，又見生一白白胖胖的皇孫，一時龍顏大悅，未對四阿哥加罪，僅斥其「太下流」，有失王爺身分作罷。並准其將李氏母子帶回王府贍養，但這位雍親王嫌李氏相貌醜陋，既不肯帶回府中，也未給任何名分，僅擇獅子園（原稱獅子溝）西的松林深處，為其蓋了兩間平房，作為棲身之所。

儘管野史裏說得惟妙惟肖，頗投世人所好，但是正史上斷然沒有這樣的說法。乾隆帝的生母鈕祜祿氏，滿洲鑲黃旗人，四品典儀內大臣凌柱之女，她雖然姓氏高貴，但出身寒微，所以在雍正未登基前一直號為格格。就是在生了弘曆以後，也沒有被封為側福晉，雍正上臺的當年年底，她才被封為熹妃，不久晉封熹貴妃。她的寶貝兒子乾隆帝登基，尊其為崇慶皇太后，移至慈寧宮居住。大概是這位皇太后出身不太顯赫，所以很多人才相信乾隆係一卑微宮女所生的吧！

這位皇太后地位雖然不夠顯赫，但是通情達理，有著滿族婦女特有的質樸和健康，她和乾隆感情甚是融洽真摯，而乾隆也非常體恤孝順自己的母親。

鈕祜祿氏被尊為崇慶皇太后時已四十四歲了，膝下只有乾隆一子，而她老人家又是十分喜歡熱鬧的人，乾隆怕她有孤獨寂寞之感，居大內深宮時，則奉太后住在慈寧宮，而因常駐御園，因此特將與圓明園咫尺之隔、皇祖最喜歡的暢春園作為太后的郊園。每年新年前，先接太后回宮過年，燈節前返回圓明園，住在乾隆為皇子時所居的長春仙館。及年事已高，大約在正月末，太后回駐暢春園。此後，春天御園中芍藥、山桃開放，夏天福海中荷花紅白相映，龍舟競渡，秋天香山楓葉似火，冬天北海銀裝素裹，照例舉行的「冰嬉」，乾隆都要奉迎太后出來觀賞，這些情景在乾隆詩中屢屢見述及。即使母子不在一起的時候，乾隆仍念念不忘想法孝敬高年老母。

在民間圍繞乾隆皇帝的傳聞逸史何其多哉，這些傳說讓人們覺得他不是一個威嚴的皇上，倒像一個風流倜儻的富家公子，不管是真是假，都說明乾隆是個頗有性格和魅力的皇帝。

仙丹妙藥知多少

皇帝最愛吃的藥

「紅丸案」之謎

紅丸案，為明朝三大案件之一。泰昌元年（一六二〇），光宗病重，李可灼進獻紅丸，自稱仙丹。光宗服後死去。有人懷疑是神宗的鄭貴妃唆使下毒，旋即展開了一系列的追查元凶的舉動。其間，黨爭與私仇夾殺其中，連坐罪死者眾矣。

「紅丸」又稱紅鉛丸，是宮廷中特製的一種春藥。據說，陶仲文本是個不起眼的守倉庫的小吏，因獻「紅丸」有功，受寵於嘉靖皇帝，一躍而成為朝廷顯貴。

這「紅丸」製法很特別：須取童女首次月經盛在金或銀的器皿內，還須加上夜半的第一滴露水及烏梅等藥物，連煮七次，濃縮為漿。再加上乳香、沒藥、辰砂、松脂、尿粉等拌勻，以火提煉，最後煉蜜為丸，藥成。據《明實錄》載，嘉靖年間，為了配製「紅丸」，前後共選少女一千零八十人。嘉靖二十六年的二月，從畿內挑選十一至十四歲少女三百人入宮，三十一年十二月又選三百人，三十四年九月，選民間女子十歲以下者一百六十人；同年十一月，又選湖廣民間女子二十餘人，四十三年正月選宮女三百人。這些尚未成年的小女孩，後來都成了嘉靖皇帝製藥用後的「藥渣」了。

嘉靖這樣無情摧毀女子，簡直毫無人性，終於引發了中國歷史上一場特殊的宮女暴動。以楊金英為首的十幾名宮女，義憤填膺，一齊上陣捺住嘉靖皇帝，用繩子套住他的脖子，拉的拉，壓的壓，想把他勒死……尤其令人不可思議的是，兩粒「紅丸」竟要了皇帝朱常洛的命，釀成了明末三大疑案之一：「紅丸案」。事情是這樣的：

萬曆末年，朱常洛的太子地位已定。於是，陰險毒辣的鄭貴妃為了討好朱常洛，投其所好，送了八個美女供他享用。朱常洛身體本不強健，此番又與這些女人淫樂，漸漸體力不支。僅登基十幾天，就因酒色過度，臥床不起了。

可是，他並不節制自己，照樣與這些人鬼混。一天夜裡，為了尋求刺激，朱常洛服了一粒「紅丸」，結果，狂躁不已，狂笑不止，精神極度亢奮。次日早，侍寢的吳贊連忙請來御醫崔文升診治。崔文升不知皇帝是陰虛腎竭，還以為是邪熱內蘊，下了一副洩火通便的猛藥。結果，朱常洛一宿腹瀉三十餘次，危在旦夕。這下子，闖了大禍，朝廷上唇槍舌劍，吵聲罵聲不絕於耳。

重臣楊漣上書，指責崔文升誤用瀉藥，崔文升反駁說並非誤用，而是皇帝用了「紅丸」造成病重。東林黨人馬上強調，不但崔文升用藥不當，還拿「紅丸」之事，敗壞皇帝名聲……

病危之中的朱常洛，躺在病榻上，似念念不忘「紅丸」，想要服用。鴻臚寺丞李可灼當即進了顆紅色藥丸，朱常洛服後，沒甚動靜。晚上，朱常洛又要求再服一丸，李可灼又進了一顆紅色藥丸。結果，不一會兒，皇上就手捂心口，瞪著兩眼，掙扎幾下，一命嗚呼了。朱常洛才即位三十天，年號還沒來得及制定呢！

兩顆「紅丸」，一條人命，震驚朝野，釀成大案。紅色藥丸是不是「紅丸」？它到底是什麼藥？

為什麼在皇帝病重之時，進這種丸藥？崔文升和李可灼怎麼這麼大膽？崔和李有沒有幕後指使者？

明末宮廷內黨派鬥爭激烈，「紅丸」一案，引起了黨派的更加尖銳的矛盾。有人認為，李可灼進的「紅色藥丸」就是「紅丸」，紅鉛丸是普普通通的春藥。春藥屬於熱藥，皇帝陰寒大洩，以火制水，是對症下藥。李可灼把春藥當補藥進上，只是想步陶仲文後塵而已，只不過他時運不佳……有人認為，那紅色藥丸是道家所煉金丹。用救命金丹來對付垂危病人，治活了則名利雙收，死了算是病重難救，李可灼很可能是這樣想這樣做的。

還有人認為，拿春藥給危重病人吃，有悖常理。李可灼明知自己不是御醫，病人又是皇帝，治出了問題，腦袋都保不住，為什麼還這樣大膽進藥？況且，朱常洛縱欲傷身，急需靜養，怎麼還用這虎狼之藥？由此推斷，李可灼必是受人指使，有意謀殺皇上。再一追查，崔文升曾是鄭貴妃屬下之人。崔該殺！崔的幕後指使也該追查！

另外，李可灼是首輔方從哲帶進宮來的，也要追查方從哲。方從哲想逃脫罪責，慌忙上書請求退休。可是退休之後，聲討他、要求嚴辦他的書文還特別多。方從哲一面竭力為自己辯護，一面自請削職為民，遠離中原。許多大臣為他開脫，也難了斷。

最後，一位剛入閣的、與雙方都無牽連的大臣韓爌上書才平復了眾議。李可灼被判流戍，崔文升被貶放南京。「紅丸」一案算了結了。可是，「紅丸」一案還有餘波。

天啟年間，宦官魏忠賢當權，他要為「紅丸案」翻案。於是，聲討方從哲的禮部尚書孫慎行被開除了官籍，奪去所有官階封號，定了流戍。抨擊崔文升的東林黨人也受了追罰，高攀龍投池而死。崇禎年間，懲辦了魏忠賢，又將此案翻了回來。

崇禎死後，南明王朝又一次以此為題材挑起黨爭，直到明王朝徹底滅亡。小小紅丸惹起的黨爭，簡直是禍國殃民，後世不能不引以為戒。

愛拿別人開刀的人——華佗之謎

華陀（？～二〇八），字元化，沛國譙（今安徽亳縣）人，漢末醫學家。其精通醫術，內、外、婦、兒、針灸各科均通，尤善外科。其創用的麻沸散為古代外科手術的必備，其還創五禽戲，意在強身健體。其所著醫著已佚。曹操曾召其為之療疾被拒，後遭曹操殺害。

神醫華佗是東漢末醫學家。華佗一生行醫各地，聲譽頗著，在醫學上有多方面的成就。他精通內、外、婦、兒、針灸各科，對外科尤為擅長。據《後漢書・華佗傳》記載：「若疾發結於內，針藥所不能及者，乃令先以酒服麻沸散，既醉無所覺，因刳破腹背，抽割積聚。若在腸胃，則斷截湔洗，除去疾穢，即而縫合，敷以神膏，四五日創癒，一月之間皆平復。」從上述這段記載來看，華佗進行手術的過程大致與現代的外科手術過程相符合，即先用「麻沸散」對患者進行麻醉，然後才開腹進行手術，割掉病變的部分，再行縫合，最後敷以「神膏」並進行傷口包紮。華佗對「腸胃積聚」等病創用麻沸散，給患者麻醉後施行腹部手術，這是世界醫學史上應用全身麻醉進行手術治療的最早記載，它比西方早一千六百多年。華佗的成就是舉世公認的，但是有人認為，史書上有關華佗進行開腹手術的記載，不足為信。

現代著名學者陳寅恪在《寒柳堂集》中也說：「斷腸破腹，數日即差（痊癒），揆以學術進化之史跡，當時恐難臻此。」他不相信華佗的醫術會神到能做二十世紀的手術。他還認為：所傳華佗行剖腹術之事，很可能是從印度的一個名醫身上演化而來的。佛經《㮈女耆域因緣經》中就記有：耆域從阿提梨賓迦羅學醫，認識了很多藥物。他精研解剖學，並能治療人體臟腑中的各種疾患，如他剖開膿彌長者的腹腔，治癒了他的腸胃疾病；還剖開因騎馬墮地而將死的男子腹腔，為其進行肝臟復位術，等等。印度的佛教在華佗時代已經傳入中國，因此這個神話也可能就隨之而來，進而被民間加到當時稱為「神醫」的華佗身上了。另外，根據蘇聯彼得羅夫主編的《醫學史》一書記載：早在奴隸制時期的古印度、古巴比倫、古希臘醫學中，就可以看到當時的醫生應用植物做麻醉藥，達一個世紀之久。所以，華佗不是外科麻醉手術的創始者。

儘管存在是不是「世界第一」的爭論，但華佗高明的醫術是沒有人懷疑的。他很重視疾病的預防，強調體育鍛鍊以增強體質。他認為：「人體欲得勞動，但不當使極耳。動搖則穀氣得消，血脈流通，病不得生，譬猶戶樞終不朽也。」他模仿虎、鹿、熊、猿、鳥的動作和姿態，創造了一種「五禽之戲」，如果身體感到不舒服時，做一套禽戲，出了汗，就會感到身體輕爽。他的弟子吳普堅持做「五禽之戲」，年九十餘，耳聰目明，齒牙完堅。

曹操長期頭疼，曾經多次被華佗醫好，由於積病已深，很難根治。曹操怕舊病復發，強留華佗做他的侍醫。華佗後因不從曹操徵召，遂為所殺。臨死前，華佗把已整理出來的一部醫學書稿交給獄吏，並告訴他：「此可以活人。」但是獄吏怕受到牽累，不敢接受。華佗在極度悲憤中把它燒了。這部集華佗畢生心血的著作如果得以保存，那麼上述爭論也許就迎刃而解了。

最好用的藥

蒙汗藥之謎

說起蒙汗藥，人們不禁會想到《水滸傳》中「吳用智取生辰綱」和「孫二娘十字坡開黑店」的故事。無論是什麼樣的英雄好漢，只要一著了這個「道兒」，就會昏迷不醒，任人擺佈。但這畢竟是小說家的創作，世上真有「蒙汗藥」嗎？它是用什麼東西製成的？含有哪些成分？這種藥物後來到哪裡去了？今天還能不能重現「蒙汗藥」？

從「蒙汗藥」的作用來看，它是一種效力很強的麻醉藥物。關於麻醉藥的最早記載應該是《列子》，在「湯問篇」中記述了春秋時代的名醫扁鵲為公扈和齊嬰治病，「扁鵲遂飲二人毒酒，迷死三日，剖胸探心，易而置之；投以神藥，既悟如初……」這段關於心臟外科手術的記載似乎過於神奇，晉人張湛認為「此言恢誕，乃書記少有。然魏世華佗能刳腸易胃，湔洗五臟，天下自有不可思議者。」這就講到了三國時代的名醫華佗。

據《後漢書》記載，華佗發明了麻沸散，「若疾發結於內，針藥所不能及者，乃令先以酒服麻沸散，既醉無所覺，因刳破腹背，抽割積聚。若在腸胃，則斷截湔洗，除去疾穢，既而縫合，敷以神膏，四五日創癒，一月之間皆平復。」這段關於割除腫瘤或腸胃吻合手術的描述，與現代外科手術的情景驚人地一致，無怪華佗一直被尊為世界上第一個使用麻醉藥進行胸腔手術的人，遺憾的是，有關華佗「麻沸散」的主要藥物成分是什麼，怎樣具體運用於臨床，華神醫死後便無人知道。

關於曼陀羅，南宋周去非在《嶺外代答》中記載得十分清楚：「廣西曼陀花，遍生原野，大葉白花，結實如茄子，而遍生小刺，乃藥人草也。盜賊採幹而末之，以置人飲食，使人醉悶，則摯篋而趨。」這無疑為古小說中的蒙汗藥做了學術性注解。

有一種叫醉魚草的植物，它的花和葉含有醉魚草苷和醉魚草黃酮苷，其麻痹性能，對魚類尤甚。《本草綱目卷十七》說：「漁人採花及葉以毒魚，盡圉圉而死。」醉魚草對人類的麻痹性也很大，人食其花，不久便出現舌咽乾燥、頭暈、胸悶、呼吸困難、四肢麻木等症狀。因此，有人以為「醉魚草」是蒙汗藥的配方。但據古籍所記，蒙汗藥「醉人而不傷人」的記載看來，「醉魚草」說似乎較難成立。

麻醉劑的發明本是用來治病救人進行外科手術用的，但後來卻被用到了五花八門的路子上。比如被用來謀財害命。如宋代司馬光在《涑水紀聞》中記載，杜杞在廣南用曼陀羅酒醉殺敵人。明代魏清在《嶺南瑣記》中記載他自己丟官印的情形：「遣吏承印還寓，途遇一人，引去他處飲以酒，吏即昏迷若寐。及覺，印為盜去矣。數日捕得盜者，訊之，對云：用風茄為末投酒中，飲之即睡去，須酒氣盡乃寤寤。問從何處得之，云此廣西產，一名悶陀羅。」

為了逃脫法律的制裁，有人還用蒙汗藥裝死。據南宋文學家周密在《癸辛雜識續集》中說，當時有些貪官污吏，因貪婪過甚，被人告發後害怕被處以極刑，便服用這類藥物裝死，有的竟以此逃脫了法律的懲處。從史料記載看，「蒙汗藥」的使用範圍還要廣泛，有人竟拿來用於戰爭上大規模地殺傷人。從司馬光的《涑水紀聞》看，杜杞是大規模使用「蒙汗藥」的第一人：「杜杞，字偉長，為湖南轉運副使。五溪蠻反，杞以金帛官爵誘出之。因為設宴，飲以曼陀羅酒，昏醉盡殺之，凡數千人。因立大宋平蠻碑，自擬馬伏波，上疏論功。」憑藉著蒙汗藥，杜杞一次就殺了好幾千人，這種要命的藥物可以和近代的生化武器有得一比了！

除了曼陀羅，草烏末、押不蘆、坐拿草、醉魚草等植物也有很強的麻醉作用，能夠用來配製蒙汗藥。除以上這幾種「蒙汗藥」物以外，有的資料還說茉莉花根泡酒，飲後也能使人麻醉，並且可以「經幾日不死」。

蒙汗藥雖然厲害，卻也並非沒有解藥。《水滸傳》第二十八回這樣寫道：「孫二娘便調一碗解藥來，張青扯住耳朵，灌將下去。沒半個時辰，兩個公人如夢中睡醒的一般爬將起來……」孫二娘的解藥是怎麼配的，施耐庵也沒有交代。常見的甘草是種很好的解藥。甘草又名「甜草」，為多年生草本豆科植物，產於我國東北、西北和華北的廣大地區。它的根和根狀莖，均含甘草甜素等。其性平、味甘，能「治七十二種乳石毒，一千二百般草木毒」，對化解「蒙汗藥」同樣有明顯效力。

沈括《夢溪筆談》說坐拿草心具有催醒作用，但這一說在宋蘇頌《圖經本草》、明定王《普濟方》、李時珍《本草綱目》等醫書中均無記載，僅見於《夢溪筆談》，難以為憑。當代中醫認為毒扁豆的成分可以消解蒙汗藥的藥性，但是古代蒙汗藥的解藥是否是毒扁豆，不得而知。有人說，甘草綠豆湯做解藥甚靈。因為甘草是常見的中藥解毒藥。唐孫思邈《千金方》說：「甘草解百藥毒，如湯沃雪，有同神妙。有中烏頭、巴豆毒，甘草入腹即定。……方稱大豆汁解百藥毒，余每試之，不及甘草。又能加之甘豆湯，其驗尤奇。」《本草綱目》說，甘草對天仙子有解毒作用，而天仙子的主要成分是莨菪鹼、東莨菪鹼等生物鹼。綠豆性寒，能散熱解毒，與甘草相配，效果更佳。甘草、綠豆都是易得之物，配製又極為簡單，以它們作為蒙汗藥的解藥是極為可能的。

奇怪的是，在古代普普通通的蒙汗藥，到了近代，配方卻失傳了，這是怎麼回事呢？

十九世紀四十年代，笑氣、乙醚、氯仿等化學麻醉藥品先後問世，並很快成功地運用於外科手術。十九世紀末，西醫傳入我國，其先進的化學麻醉藥品取代了傳統的麻醉藥物，「蒙汗藥」的漸漸消失，也就不可避免了。

有「巫」有保庇？

漢武帝的「巫蠱」之謎

漢武帝（前一五六～前八十七）劉徹，西漢皇帝，漢景帝之子，西元前一四〇年即位。其在位期間，曾得賢臣董仲舒及桑弘羊輔佐，頒行「推恩令」，打壓富商巨賈，倡農桑，興水利，並派張騫出使西域，國家一度呈興旺之態。後期迷戀仙道，祀神求仙，徭役漸重，農民起義不斷爆發。

在中國古代史上，人們常常把秦皇漢武相提並論，中國封建專制主義的中央集權制國家，由秦始皇建立，而由漢武帝鞏固下來。就是這樣一位大有作為的皇帝，在他的一生中卻操演了一幕幕巫蠱鬧劇，致使皇后、太子、丞相和無數的大臣都成為巫蠱的犧牲品，史書稱為「巫蠱之亂」，它成為漢武帝一生中洗不掉的污點。

巫蠱是古代的一種方術活動，把所要詛咒的人做成木偶人像等，當作箭靶，施以咒語，採取這種隱蔽的手段，以期達到置對方於死地的目的。漢武帝平生最敬畏鬼神。他中年得子，晚年多病，貪生怕死，祈神保佑的迷信活動貫穿他的一生。不同的人出於不同的目的，利用他的迷信心理，導演了一幕幕巫蠱鬧劇。

第一次是元光五年（前一三〇）陳皇后巫蠱案。漢武帝原為膠東王，本來的太子是臨江王劉榮。景帝的姐姐長公主想把自己的女兒陳阿嬌許配給太子為妃，遭到了太子之母栗姬的反對，於是長公主利用她特殊的身分，向景帝進讒，廢掉原太子而立膠東王為太子。所以漢武帝的第一夫人是姑表妹陳阿嬌，即位後便為陳皇后。武帝與陳阿嬌的婚姻實質上是一場政治上的交易。這場政治交易使陳皇后擅寵驕貴，專橫跋扈，對武帝的行動管束很嚴，婚後十多年自己不但不生育，連其他嬪妃也未留下子嗣。武帝憂心忡忡，滿朝文武也心急如焚，紛紛出謀劃策。

平陽侯為了滿足武帝急於得子的願望，特意徵得十幾位良家女子養在家中，給她們特意修飾打扮了一番，希望武帝駕臨時能看上一位。而武帝對這些女子卻不感興趣，偏偏喜歡上了平陽侯家的歌女衛子夫。衛子夫也沒辜負武帝對她的一片深情，很快就為武帝生下了兒子劉據，即衛太子。衛子夫受到武帝的寵愛，使陳皇后妒火中燒，三番五次地尋死覓活，威脅武帝。武帝非但不妥協，反而對陳皇后更加冷淡。陳阿嬌為了保住自己皇后的位子，竟然鋌而走險，使女巫楚服等操演巫蠱之術，詛咒武帝。被武帝發現後，女巫楚服梟首於市，牽連被殺的有三百餘人，陳皇后也被打入冷宮。

第二次巫蠱案發生在征和元年（前九十二）。元朔元年（前一二八）衛子夫生下衛太子，被立為皇后，從此母儀天下三十餘年，衛氏家族先後有五人封侯，像大名鼎鼎的大司馬大將軍衛青，大司馬驃騎將軍霍去病，前者是衛皇后的弟弟，後者是衛皇后的侄子。衛皇后的姐夫公孫賀也被拜為丞相。衛氏家族的勢力如日中天，炙手可熱。

西元前九十二年，京師大俠朱安世擾亂京城，武帝下詔書追捕朱安世，但很長時間都沒結果，武帝非常著急。當時公孫賀的兒子公孫敬聲身為太僕，自以為是皇后的外甥，驕奢枉法，擅用軍餉被捕入獄。公孫賀請求追捕朱安世，來替兒子贖罪。朱安世很快被捕。當朱安世在獄中知道事情的來龍去脈以後，就立即上書告發公孫敬聲與武帝的女兒陽石公主私通，兩人還利用巫蠱詛咒武帝。武帝大怒，公孫賀父子俱死獄中，家族被誅滅，武帝女諸邑公主、陽石公主及衛皇后侄子都牽連被殺。

幾次巫蠱案使武帝更加疑神疑鬼，總懷疑有人用巫蠱術來暗害他。這種迷信猜忌的心理，正好被奸人江充利用，製造了最為悲慘的第三次巫蠱案。

江充本是趙國邯鄲人，曾以讒言誣殺趙太子，調入漢廷，以謁者身分出使匈奴，歸後拜為直指繡衣使者。一次，衛太子家使乘車馬行走在只有皇帝才能行走的馳道上，被江充發現後送吏法辦，儘管衛太子多次求情，江充也毫不留情，從此兩人結下了怨仇。武帝認為江充秉公辦事，還給江充升了官。

公孫賀案後，武帝病重，江充怕武帝年老以後，衛太子即位，自己會被太子誅殺，便想先下手為強，上書說武帝的病重是巫蠱作祟。於是武帝便責成江充查辦巫蠱案。江充借機大興嚴刑逼供，使人互相誣告，因巫蠱罪而死的，前後有數萬人。即使這樣，江充還不善罷甘休，他又告訴武帝說，皇宮中有蠱氣，武帝命人從自己的御座開始掘起，然後又掘後宮，再掘皇后所居宮，最後掘太子宮，獲得用於詛咒的桐木人。這些都是江充預先讓胡巫埋伏好的。

當時武帝避暑甘泉宮，消息不通，太子沒有時間和機會向武帝說明情況，便與母親衛皇后商量，於征和二年（前九十一）七月壬午，假皇帝詔書捕斬江充，燒殺胡巫，以節發兵。武帝以為太子謀反，遂命人率兵鎮壓。

這次巫蠱之亂，武帝父子骨肉相殘，結果是衛皇后自殺，衛太子劉據、太子妃史良娣、皇孫劉進及其妃王夫人，以及其他皇孫、皇孫女都罹難，連剛出生數月的皇曾孫也被坐繫監獄。這位唯一蒙難不死的武帝嫡親骨血，就是後來的漢宣帝。

這次巫蠱之亂，死者數以萬計。最重要的是帝嗣突然空缺，後宮無主，朝綱失控，給漢朝政治帶來了巨大的危機。漢武帝時期的三次巫蠱案，使兩位太后被廢殺，兩位丞相被腰斬，太子劉據和兩位公主、皇孫罹難，加上牽連的人，前後超過十萬人，真是慘不忍睹。武帝晚年已感到巫蠱術的危害，知道太子被巫蠱所害，只是惶恐而無意謀反，可憐太子無辜，遂誅滅江充家族，繼而做「思子宮」，並在太子蒙難處築「歸來望思台」。武帝在思子臺上老淚縱橫，品嘗著自己一手釀造成的苦果。

長命「藥」不「藥」

明世宗煉丹之謎

清代順治皇帝崇信佛教，自稱「癡道人」，一生中有幾次遁入空門的念頭，最後還留下了出家為僧的歷史懸念。明代也有一位皇帝，崇信道教，自稱「紫極仙翁」，雖然他並沒有出家為道人，但常把朝廷大事同他的道教信仰聯繫起來，宮廷成了他的道場，宰相也是一些只會寫青詞的道教方士。這位「紫極仙翁」就是明世宗。

明世宗的父親興獻王是明憲宗的兒子，封地在湖北安陸，幼年時的朱厚熜隨父母在湖北一帶生活，而湖北是道教盛行的地方，明世宗從小就耳聞目染，對道教很感興趣，加之他天生體弱多病，自當皇帝後，更覺龍體的寶貴，便把祛疾延年的希望寄託在道教上。因為道教認為：人有病的原因，在於身體各部位神的出遊，神的本性喜居空閒之處，不居污濁之地，想要使神返還本位，就必須在香室中齋戒，這樣百病才會消散；不齋不戒，身體各部位污濁，神就不肯還返人體，所以人病積多，死者不絕，這是上天對人的懲罰。總之一句話，設齋建醮，可除災消厄。

世宗信奉道教，便以齋醮為本務，從嘉靖二年（一五二三）起，便在宮中屢建齋醮，月無虛日。嘉靖十五年（一五三六）後更有過之，齋宮秘殿並時興建，工廠達幾十處，役匠數萬人，每年費用數百萬兩，僅一齋醮的蔬食費用，耗錢就有一萬八千兩。齋宮修好後，門壇匾對要用金子書寫，每一次設齋建醮都花費金子數千兩，削金為泥，能盛數十碗。操筆的中書官員，把赤金據為己有，許多都以此暴富。壇廟修成，需要進香，每年要用黃白蠟三十餘萬斤。

當時最珍貴的叫「龍涎香」，官員中有因進龍涎香而得到高官厚祿的，也有因獻香不及時而被革職的。甚至同外國商人進行貿易時，也以採進龍涎香為先決條件，一時朝野都知道龍涎香是明世宗最急需的物品，以致欺騙敲詐的事件不斷發生。嘉靖三十四年（一五五五），有個叫吳尚堯的湖廣麻城人，詐稱自己是朝廷的中書官員，冒充陶仲文的字，命令雲南定邊縣取龍涎香進奉朝廷。當地縣令便動員所有人到石洞懸崖中尋找龍涎香，從石乳縫隙中取出了三塊條狀物，說是龍涎香，讓人送給了吳尚堯，吳尚堯再賣給那些商人，讓他們進獻給世宗，自己從中牟取暴利。世宗為了設齋建醮，役使大批臣民，奢侈浪費，弄得民窮財盡，當時民間就流傳著這樣一句諺語：「嘉靖嘉靖就是家家窮淨光淨。」

世宗渴望修道成仙，羨慕那些有仙術的人，因此嘉靖一朝，自稱「神仙」、「真人」的所謂不凡之人就都雲集在紫禁城內。道教信奉張天師，當時有一個名叫張彥頨的道士，自稱是張天師的後代傳人。世宗召他入宮，與他談論道法，話語很投機。有一次，世宗讓張彥頨主持醮壇，這位道士於香煙繚繞的宮殿中，呼叫天尊，誦讀祝文。只見爐內香煙冉冉上升，此時正值紅日當空，雲煙、香煙映照成彩，形成一種很奇特的景觀，恰在這時，一雙白鶴掠雲而過，繞壇回翔而下。明世宗驚喜交加，以為神仙顯靈，匆忙望空叩拜。待回到宮中，百官三呼萬歲，齊聲稱賀。世宗覺著敬神有成果，特封張彥頨為「正一嗣教真人」，還賜給他金冠、玉帶、蟒衣，特賞他在北京一所住宅。

世宗嘉靖元年（一五二二）大婚，直到嘉靖九年（一五三〇）尚無皇嗣，嘉靖十年（一五三一），世宗便開始在御花園內建「祈嗣醮」，文武大臣須每天排班進香。嘉靖十五年（一五三六），邵元節主持皇宮醮壇祈嗣儀式。事也湊巧，不過幾日，後宮就有人有娠，不久即得男孩。世宗認為這是邵元節法術顯靈，封他為禮部尚書，給一品俸祿，賜白金、寶冠、法服、貂裘。不久，邵元節病死，世宗聞訊悲痛，贈他少師稱號，以伯爵禮營葬。

邵元節死時，把他的朋友陶仲文推薦給世宗。陶仲文為了使世宗對他的道法深信不疑，於嘉靖十八年（一五三九）搞了一場害人的惡作劇。嘉靖十八年（一五三九），世宗巡視湖北，途經河南衛輝，一日天日晴和，世宗流連美景，猛然間一陣旋風刮來，車前旌旗盤繞，馬鳴聲嘶。世宗心裏犯疑，忙召見陶仲文，詢問這陣旋風是什麼徵兆。陶仲文回答：「臣已推算，今晚可能要有火災。」世宗吃驚道：「既有火災，趕快齋醮，以免後患。」陶仲文故弄玄虛：「在劫難逃，齋醮已無益。況且現在也來不及設壇，但聖駕您通道心誠，必不會有什麼傷害。」

到了夜晚，行宮後面果然起火，熊熊烈焰，頃刻間行宮化為灰燼，宮人死傷過半。世宗因得錦衣衛指揮使的相救，才撿回一條命。經過這件事後，世宗對陶仲文已深信不疑，授陶仲文為「神霄保國宣教高士」。其實這起火災，完全是由陶仲文一手製造的。他為了讓世宗相信自己的預言，便命手下人放火燒了行宮，最初只是想燒一、兩個房間意思一下而已，誰知火乘風勢，越燃越大，釀成了這一大災禍。陶仲文用這種害人利己的欺騙手段，贏得了世宗的信任。

這次河南之行，使世宗更加篤信道教。世宗南巡之時，曾命四歲的太子監國。九月返還宮廷後，世宗產生了退朝隱居的心思。當時的太僕卿楊最反對世宗的這一做法，世宗氣憤之極，把楊最關進監獄。楊最在獄中暴死杖下。世宗堵塞了忠臣的進諫，更加信任陶仲文，進奉他為「忠效秉一真人」。世宗不理朝政，陶仲文與其他方士有所請求，奏本都從後朝遞進，前朝官根本不知道，諸方士更加肆無忌憚。

世宗修道，但他並不能做到清心寡欲，寵愛的妃子是幾日一換，遂在嘉靖二十一年（一五四二），後宮發生了宮女趁世宗熟睡之際，險些把他勒死的「壬寅宮變」。世宗大難不死，自認為是鬼神的保佑，對道教更加篤信，從此搬到西苑舊宮，並聲稱自己已是塵世以外的人了，所有朝政大事，都由大學士嚴嵩主裁。

世宗舉行齋醮時要念薦告文，陶仲文認為這種薦告文可以上通天神，與天神對話，很靈驗。薦告文一般是用朱筆寫在青藤紙上，所以也叫「青詞」。世宗供奉「青詞」，多由詞臣來執筆，許多能文大臣因撰寫青詞而得寵。嘉靖朝入閣的宰相，都以善寫青詞起家，而且他們地位的穩固與否，也與青詞密切關聯，所以嘉靖一朝，有「青詞宰相」的說法。

其中最善於投機的要屬嚴嵩了。嚴嵩會迎奉世宗的心意，加上他多年的學問，所撰的青詞字字典雅，語語精工。嚴嵩為人奸詐，善於表現，世宗有時半夜心血來潮，認為某件事要通報天神，不惜屈駕來到閣府，讓侍臣們撰寫青詞。每遇到這種情況，嚴嵩總是能提前得到消息，便慌忙起床，點燈坐看青詞草稿，裝出一副苦思冥想、廢寢忘食的樣子。世宗看到此種情形，心裏很高興，認為嚴嵩忠於職守。青詞多用駢偶體，當時社會上的文人，為了撈個一官半職，竭盡全力鑽研這種文體，一時朝野文人，多爭新鬥巧，達三十餘年。世宗信奉道教，任命「青詞宰相」，青詞也影響了當時的文體。

世宗希望成仙成神，除修煉道法外，還不斷自封道號。嘉靖三十五年（一五五六），他自封為「靈霄上清統雷元陽妙一飛天真君」。不久，又加號為「九天宏教普濟生靈掌陰陽功過大道恩仁紫極仙翁一陽真人元虛玄應開化伏魔忠孝帝君」。還自封為「太上大羅天仙紫極長生聖智昭靈統三元證應王虛總掌五雷大真人玄都境萬壽帝君」。明間百姓都稱他為「紫極仙翁」。

這位「紫極仙翁」的道士皇帝，求長生心切，長時間地服用仙丹，幻想有一天仙藥能起作用，他就會成仙成神了。未料仙丹並未使他長生，卻要了他一條性命。這位企求長生的「仙翁」，於嘉靖四十五年（一五六六）冬天，閉上了他那一雙不願合閉的雙眼，去和天神對話去了。

別鬧了，皇帝先生！

作者：劉樂土
出版者：風雲時代出版股份有限公司
出版所：風雲時代出版股份有限公司
地址：105台北市民生東路五段178號7樓之3
風雲書網：http://www.eastbooks.com.tw
官方部落格：http://eastbooks.pixnet.net/blog
Facebook：http://www.facebook.com/h7560949
信箱：h7560949@ms15.hinet.net
郵撥帳號：12043291
服務專線：(02)27560949
傳真專線：(02)27653799
執行主編：朱墨菲
內文排版：楊佩菱
美術編輯：風雲編輯小組
法律顧問：永然法律事務所 李永然律師
北辰著作權事務所 蕭雄淋律師
版權授權：北京樂土文化藝術有限公司
初版日期：2012年3月
ISBN ：978-986-146-828-0

總 經 銷：成信文化事業股份有限公司
地　　址：台北縣新店市中正路四維巷二弄2號4樓
電　　話：(02)2219-2080

CVS通路：美璟文化有限公司
地　　址：台北市信義區莊敬路289巷29號
電　　話：(02)2723-9968

行政院新聞局局版台業字第3595號 營利事業統一編號22759935
©2012 by Storm & Stress Publishing Co.Printed in Taiwan
◎ 如有缺頁或裝訂錯誤，請退回本社更換

國 家 圖 書 館 出 版 品 預 行 編 目 資 料

別鬧了，皇帝先生！ ／劉樂土著. -- 初版
臺北市：風雲時代，2011.10 -- 面；公分

ISBN 978-986-146-828-0（平裝）

856.9　　100018784

原價：280元
限量特惠價：199元

版權所有　翻印必究

風雲時代

風雲時代